古祠高樹

夏眉小說集

Contents

古祠高樹

「秀水庄」是個幽靜的小村，庄名取自一條叫「秀水溪」的溪流。那溪水婉婉約約，沿著村莊的南邊流，夏日裡，有多少的小孩在水中嬉戲。這條溪，說寬不寬，說深不深，上有一座竹筏跨在兩個邊岸，當作橋梁；它隨著溪水的波動，緩緩地搖晃，過橋的老老少少都習以為常。若說這條溪有什麼特別的地方，那便是它的水質很好，每逢春季，溪流的兩岸就長滿了野花，周遭的花樹也會怒放，呈現出「無處不飛花」的景象。若逢到下雨刮風的日子，那溪水中就會有無數的花瓣漂流而下，像綿延不斷的錦色絲綢，無限的華麗。逢到連綿的雨季，溪水漲滿了，把竹筏沖走了，庄外的人進不來，而庄裡的百姓也無法出去，只有幾頭水牛無人干擾，樂悠悠地浸浴在溪裡。可以說，那近百戶的人家很少與外界往來，每天只聽到鷄鳴狗吠。那「秀水溪」的水靜靜地流，人，一天一天地過，經過一個世紀，幾個世代的輪替，生活並沒有什麼改變。幸好村民一向能夠自給自足，他們自己種植稻米水果菜蔬，自己飼養雞、鴨、魚、鵝，什麼也不缺。

王適均就生長在這個地方，只是他的處境與他的鄰居同輩不一樣。王家是幾代的儒醫，雖不算富裕，卻有一座田莊，一百多甲的農地，有幾家佃農為他們耕作。那農莊的四周環繞著雨傘花的樹籬，顯得優雅恬靜。農莊的後面是一片果園，果園外面便是秀水溪了。王適均上面有兩個兄長，他們念了幾年書以後，就繼承了中醫藥的家族事業。後來兩兄弟搬到嘉義去，合開了一家中藥鋪，生活很過得去。適均卻不一樣，他天生的聰敏好學，長得五官清秀，性格又溫文有禮，他的父親看在眼裡，不想讓他繼承祖傳的漢醫行業，而要他走上仕途。因此他每天一早起來就到書房去進修，無非念四書五經，背八股文；累了，就跑到果園去摘果子吃，或到溪畔去散步，有時文思泉湧，還寫寫詩填填詞，他父親看了更加欣慰，對他的期待也更殷切了。十八歲那一年春天，他長途跋涉到台南去參加鄉試，結果考中了秀才。這在秀水庄是一件天大的喜事，是村民有史以來所得到的最高榮譽，誰不稱讚？從此整個村庄的百姓，不管男女長幼，不管輩分高低，都尊稱他為「王秀才」。

他在家又苦讀了三年，終於才盼到了鄉試的日期，原以為這下子他可以到台南去參加舉人的考試了，怎知就在這時清廷竟改變了舊制，規定台灣的學子若要參加舉人的考試，就必須到福建的省都去。

原來清廷的朝官一直把台灣看成蠻荒之地，把台灣人看成化外之民，他們說的話，朝廷諸官沒人聽懂，所以都藐視這個小島嶼，覺得它是個累贅，屢次想丟棄。於是就有人提議，要放棄其實可惜，倒不如乾脆就把台灣歸納到福建省的版圖吧？讓福建省的官吏去傷腦筋。

朝廷這麼一決定，卻苦了台灣的儒學生員。他們本來就住在窮鄉僻壤，如今卻要遠途跋涉到福建的省會去應試。福建何其遠？不但有高山與海峽的阻隔，更需要浩大的花費才能上路，這哪是台灣一個小村莊的儒醫負擔得起的？更何況王適均的父親就在此時病逝，所以即使他有滿腹的學問與抱負，也只得放棄仕途這條路了。

既然做不了官，他的前途怎麼辦？將來靠什麼過日子？要下田耕作嗎？他一介書生，哪堪在豔陽下揮汗？幾次和母親商量以後，他決定辦私塾。於是在自家的書房裡擺了幾張桌子與板凳，就開始招收學生了。幸好王秀才的名聲很響亮，所以不缺門生。其實他的學生也只不過是一些農家子弟，大多愚頑散漫，哪裡肯下功夫聽教誨？到了農事繁忙的季節，更不見學生來上課。不過王秀才生性溫文儒雅，又有耐心，所以每天學子朗朗的讀書聲傳送出去，遠近的鄉鄰都很稱許。

如此過了幾年。有一天，家裡來了一個人，他眼睛紅腫，無法睜開，痛得哀哭不停，要求王秀才醫治。王秀才雖然一再解釋自己並不懂得醫術，可是那個鄉人不肯走。王秀才不知所措，只好向母親求救。他母親取出了一瓶密封收藏的藥水給他，讓他替那病患點上。沒想到只隔一天，那患眼病的鄉人就好了，跟正常人一樣。於是風聲傳出去，都說王秀才不但學識高深，而且還繼承了他父親的衣鉢，會治病。從此王秀才每天要教書，還要看診，真是分身乏術了。漸漸的，他的名聲傳到了斗南；於是就有不少病人遠從斗南徒步到秀水庄來找王秀才醫治眼疾。

王秀才畢竟是個儒生，雖然依賴家傳的祕方治好了病人的眼疾，但他並沒有因此自滿，反而擔心害怕，唯恐治壞了上門求治的鄉鄰。於是他開始發奮圖強，日夜埋頭苦讀，把幾代所收藏的醫籍一一讀遍，尤其是李時珍的「本草綱目」，他更背得滾瓜爛熟。還有一些祖傳的祕方，他也逐一研究，細心地調製。到後來，什麼樣的藥草有什麼樣的效用，他都有了深切的領悟。

這時王秀才的兩個兄長都各自在嘉義成家立業，如今該輪到他了，於是就有媒人來牽引。他的母親替他做主，選中了鄰村一家小地主的女兒，叫美鳳。兩個年輕人都不曾見過面就拜了天地，結成了連理。原來這美鳳並不識字，人長得不高不矮，不美也不醜。她很少開口，也沒什麼笑臉，每天只蹙著眉，忙忙碌碌地做著家事，一手掌理廚房的炊煮。王秀才眼看著妻子那麼能幹，能為母親分勞，他也就放心了。唯一的缺憾是，日子一天一天的過，美鳳卻一直沒有生育。

他的母親未免焦燥了。「生不出孩子怎麼跟祖宗交代？我看還是招個外室吧。」

王秀才卻委婉地拒絕了，「阿母，不急，過幾年再說吧？」

美鳳聽說有這麼一回事以後，對丈夫當然不無感激，但是心裡對婆婆就有些疙瘩與不滿了。

＊＊＊

秀水庄本來是個世外桃源，天高皇帝遠，外面的世界根本與他們不相干；但秀水溪畢竟只是一條小溪流，怎能抵擋外面的世界改朝換代的巨浪？

原來日本向清廷挑釁，結果兩方開戰，滿清一下子就被打垮了。日本早就胸有成竹，於是一開口就要求清廷把台灣送給他們，作為戰敗國的賠償。這一塊島嶼，多麼美好的江山？清廷卻不把它當回事，奉送給人一點都不珍惜。如此天大的變數，王秀才當然有所傳聞，也知道清朝簽了「馬關條約」。可是這些國際大事跟他有什麼相干？秀水溪仍然靜靜地流著，秀水庄的人仍舊安然地過日，他也還繼續教私塾，替病人診治。

有一天，診所來了一個農夫，那人臉面腫漲，手腳全是棍棒的瘀傷。王秀才看了大驚，「到底發生了什麼事？是不是跟人打架？」

那農夫淚流滿面，委屈地述說他挨打的經過。「我天天下田工作，怎麼有閒空跟人打架？可是昨天晚上我從田裡回來，在田壟間走，不想卻碰到了一個警察大人從對面走過來，我閃避不及，擋住了他的路，他就一邊怒罵，一邊手打腳踢了起來，把我的臉打腫了，又用警棍橫掃我的手和腳，打得我滾到田裡去，沾了一身的污泥。」

王秀才聽了，那驚懼憤怒與哀傷，不住地在心中翻滾。可是他什麼氣話也沒說，只把膏藥取出來替病人敷上，又安慰了他一番，才將他送出門。

過了幾天，他的診所又來了一個人，原來是個日本官員，身邊還有一個隨從；王秀才手足無措了。就他所知，史書裡面所提到的日本人都是在海岸搶劫船隻的倭寇，都是些不堪入目的強盜與海賊。可是眼前這個三十出頭的日本人卻是一身的挺拔，滿臉的笑容，一副謙和的態度。那人開口說了幾句台灣話，但是也許王秀才太緊張了，而對方的發音又不準確，所以他根本聽不懂，無法溝通。幸好經翻譯官在一旁解釋，他才搞清楚了，原來那人是日本政府派到台灣南部的文官。他因為剛到台灣上任，對地方的情況與習俗完全不懂，所以特地抽空造訪他管轄內的幾個鄉鎮，也藉此結交地方的仕紳。

王秀才雖是個讀書人，但他除了幾個文友，幾個同窗以外，每天接觸的人無非是些農民，小商人和小地主，哪裡見過如此儀表非凡，風度瀟灑的紳士？他有點自慚形穢了。但是他沒有忘記身為主人的禮數，於是忙招待客人到書房就坐，又叫家人泡了上好的茶，獻上果品，招待貴賓。

原來這位官員名叫夏川，本來在日本文科省工作，因為精通漢文，所以日本接收台灣島以後，就派他到此地來了，目的是要開辦學校，藉此宣揚日本的語言和文化，另一方面也要倡導公共衛生與醫療工作。如今他特地來造訪，當然是因為王秀才是私塾的老師，莊裡唯一飽學詩書的文儒，而且他也懂得醫術。

原以為夏川只是禮貌的造訪，從此各不相干了。哪知隔了幾天，那日本人又來了，還留下來聊天吃飯。漸漸的，他們彼此能夠溝通了，這當然是夏川的台語大有進步，而王適均也憑藉他的才智，很快就學會了一些基本的日語的緣故。他們之間那麼快就建立了友誼，大概是因為彼此仰慕吧？但隱藏在親切的笑語後面卻也參雜著戒備與謹慎。他們對彼此的稱呼都很正式，夏川稱適均為「先生」，而適均稱呼夏川為「大人」。

有一次，適均在喝茶聊天之餘，輕描淡寫地提起，「前一陣子，我們這裡有個鄉民被警察大人修理，打得遍體鱗傷，只因為他沒有來得及讓路……」

夏川聽了，臉微紅地點點頭，帶著歉意地解釋道，「台灣的警察雖然地位低微，可是他們有很大的權威和責任，不但要維持治安，保持公共衛生，還要收稅，檢查戶口。他們站在第一陣線，也難怪成為一般人民怨怒的對象。」

適均也笑了。「的確是如此。我聽說孩子在家要是不聽話，做父母的就用警察大人要來抓你去，做威脅。」

夏川大人一再地道歉，適均當然也不好再多說了。

幾個月過去了。有一天，夏川說，「你也知道，我被派到南台灣的目的是要開辦學校，我們已經選好了地點，也開始蓋校舍，大概明年春天就可以招收學生了。我今天來找你，就是希望你能擔任學校的教師。」

「可是我的日語不夠好，怎麼教書？」

「不要緊，我是希望你教漢語；那是你們的母語，學童都應該學習的。至於日語呢，孩子大人都可以慢慢學，一點都不急。」

王適均當然不相信對方的話，可是既然官方希望他在新建的公學校教漢語，他當然沒有拒絕的道理。於是到了隔年的春天，他關了自家的私塾，開始在村裡的公學校當起了教師。每天下課以後，他仍舊在家替病人看診、抓藥。他的學生和家長都是他的病人。每到果樹成熟的季節，他會提了一籃又一籃的水果到學校，請同事和學生品嘗。碰到夏川大人光臨，他當然更不會怠慢，專挑了最大最甜的水果請他吃，還讓他帶一簍回家。夏川當然欣喜感激，再三的道謝。

但是適均只教了一年書，夏川又有了新花樣。他說，「先生，你願意遠渡重洋，去日本深造嗎？在那裡，你可以學到一些西洋醫學的技術，將來對你有很多好處。」

適均對這建議很覺不安，心想，他怎麼能夠拋下老母與妻子，獨自一個人到遙遠的異鄉去學習西洋的醫術？而且真有這個必要嗎？但不管心裡怎麼想，他知道自己無法拒絕對方的好意。

「你要我去多久？」

夏川說，「這要看你自己了。你可以進大學醫科，學習五年，也可以到醫院實習，學一些最新的醫學技術。舉個例子吧？眼科是你的專門，到了那裡，你就可以看到西洋醫學怎麼治療眼疾，讓你觀摩參考。」

「我要付多少學費？還有，到了那裡以後的生活費一定很貴吧，我怎麼去籌這筆錢？」

夏川笑了。「這個你就不必擔心了，政府急著要訓練台灣的醫學人才，所以一切都免費，你只要認真學習就好。」

他的老母知道日本鬼子要送適均去日本學醫以後，整天心裡慌張，整夜無眠；因為她聽說有一些台灣的子弟到了東瀛以後，患了水土不服的病症而暴斃於異鄉；她當然不願讓兒子去冒這個險。總之一句話，她堅決反對兒子出國。可是適均考慮良久，終於還是遵照夏川的安排，步上了旅途。

人到了異鄉，終於才看到了外面的世界，也承受了多大的震撼！東京到處人擠人，到處是高樓、商店、飯館，還有那麼多人力車在街道上奔跑。但最使他驚異的是火車，它可以開那麼快，載那麼多人；那是他有生以來第一次看到的現代奇跡；他多麼期望有一天能看到火車在台灣的原野上奔馳。於是他寫了一封信給夏川，傾述自己的夢想。夏川回信說，火車、水壩、公路等等，一切都在計劃中，一定會實現的，只是遲早而已。

卻說他在生活上的掙扎吧？每天說日語，穿和服，脫鞋子，住日式的房屋，那種陌生感，說什麼也無法適應。但最使他難以忍受的是食物；他每天都得吃日本料理、漬物、味噌湯。幸好有一個姓賴的同學，也是台灣人，和他住在同一個宿舍，也上同樣的醫學課。因為有了賴桑，他才有勇氣面對每天的日子，才有機會紓解鄉愁，而繼續堅持下去。這位賴桑成為他畢生的知己。

兩年之後，適均又收拾行李，回到了故鄉。不是他承當不了課業的重擔，也不是為了想家，而是覺得自己這幾年來對漢醫的研究已經有很好的收穫，能駕輕就熟地診斷病情，所以他沒有必要拋棄自己的知識與經驗，而改用西方人的醫療方式來治病。但是在日本的那兩年，他的確也領略到了西方醫學的優點，譬如說，有時以簡單的手術就可以解除病人的痛楚，倒也乾淨俐落。

回到了家鄉，一切如舊，他的母親仍很健朗；可惜的是，美鳳見了他，並沒有久別的欣喜之情，只有沉默的控訴。他知道這是自己的錯，在出國前，他沒有解釋自己的立場，沒有好好地撫慰妻子，所以美鳳會有被遺棄的感覺吧？如今要彌補夫妻的裂痕已嫌晚，只好讓時間慢慢沖淡她心中的怨恨了。

倒是夏川大人見他回故鄉，一直拉著他的手不放，不停地問長問短。適均請他留下來喝酒喫飯，裊裊地述說了自己在東京的時日裡所遇到的多少新奇的事物，也嘗盡了多少的文化衝擊。臨走時，夏川微笑地說，「今早我坐人力車從斗南過來，這趟路很遠，又是砂石路，灰塵多，眼睛都睜不開來了。你願不願意考慮搬到斗南去開業？」

王秀才聽了，不知如何回答才好。難道夏川已經把他的一生都安排好了嗎？他，一個被征服者，已經成了對方的傀儡？他家裡有老母，有妻子，有田產，怎麼能離開家鄉？

可是夏川的建議在他的心裡落了根，揮之不去。就他所知，古時的斗南叫「他里霧」，是個平埔族的部落，後來漢人從中國移民至此，漸漸地就成為商業中心，因為處於斗六的南方，所以也改名叫斗南。當地居民多，病人也多，而且他們大多是商家，收入多，當然也有能力付診費；不像在秀水庄，上門來求診的病人不是親戚就是鄰居或者朋友，他為他們治病是一種義務，也是一種責任，從來不索取診費。不過病人常會送來一斗米，一隻雞，或一籃青菜，表示感恩，如此而已。平日裡王家都是依賴祖傳的田產維生。

適均還躊躇著，不能決定是否要搬到斗南去；沒想到只過了幾天，夏川又上門來了。他興奮地說，「先生，我有好消息，前兩天我路過大街，看到一間屋子門外貼了房子出租的告示，我就進去看了一下。那是一間二層樓的木造房子，後面還有個庭院，有花樹。屋子很寬敞，樓下可以當醫生館，後面還有一個厨房，一間厠所。樓上有兩個臥房，一個月的房租才兩石米。」

夏川如此的熱忱，讓王秀才無法拒絕，只好打點行裝，準備搬家了。幸好有個佃農駕了一輛牛車來，幫他將桌椅櫥櫃眠床衣物等搬到鎮上去，他這才順利地安頓了下來。適均還將藥櫃貯藏得滿滿的，又延請了一個年輕的藥師負責配藥的工作。原來這個藥師也姓王，是個遠房親戚，名叫峻峰，因是個採藥師的兒子，從小就跟著他老爸上山採藥草，所以對藥物的辨識與性能很清楚；又念過幾年書，所以會看書寫字。王秀才很信任他，也很喜歡他耿直，勤勞的個性。如今他將峻峰安排在樓上的另一個房間住下。

這一切進展得那麼快，簡直像大雨後的洪水一般，使他身不由己，無法抗拒。夜裡獨自深思，實在無法猜測夏川的意圖，未免有些憂心，分不清他到底是敵人，還是朋友？但對方畢竟是征服者，只得處處都依照對方的意思去做了。

日子就這麼安定下來了。適均在鎮裡住，每隔幾天會抽空回秀水庄一趟。每一次回老家，就有不少莊內的病患來求診，他都免費醫治，只收了一點藥材的費用。鄉人怎麼不感激？都說王秀才是秀水庄的恩人。

如此過了半年，他母親生怕他住在斗南沒有人照料，於是要媳婦美鳳也搬過去。可惜美鳳住慣了農村的生活，不肯在鎮上久居，只勉強待了一個月就搬回秀水庄去了。幸好這時王家莊院來了一對母女，那母親原是生長在秀水庄的女兒，後來嫁到他鄉。她的男人姓李，是個代書，專為人寫書信，立房契，代理土地登記等業務，也算是文人了。兩人生了一女二男三個孩子，生活還算安定。怎知半年前，她的男人突發惡疾，不久就棄世了。他死了以後，做寡婦的硬撐了半年，怎奈家中缺糧，實在無法繼續存活下去。她知道故鄉秀水庄的王家一向待人慈善，於是將女兒帶回秀水庄，無非希望王家能收留這個孩子。王秀才的母親瞧那女孩長得伶俐乖巧，心裡喜歡，就將她留了下來。幾天以後，她親自把那女孩帶到斗南去，說好了從此以後，炊煮、洗衣、清掃等家事她都得一手擔當。

這女孩叫月桂，雖然五官清秀，卻瘦弱蒼黃，王秀才怕她無法承當家務，本不想雇用，可是又不好違背母親的意願，只得勉強將她留下來。峻峰看到月桂沒地方睡，就堅持要將樓上的房間讓出來給她，自己將就地在樓下藥房的角落裡擺了一張小床。這李月桂每天為王秀才和藥師峻峰打點三餐、洗衣服、打掃屋內及庭院，還種種花、澆澆樹，工作並不辛勞。王秀才看出她營養不良，發育不全，於是替她配了補藥，還吩咐她每天都買些魚肉回來。從此，他們三個人的生活有了規律，王秀才每一餐都自己先吃，然後才輪到藥師和月桂兩人共餐。起初月桂還不肯逾矩，不敢坐下來和峻峰一起吃飯。可是王秀才堅持，她只好照做了。月桂每天吃那豐盛的飯菜，結果不到半年，她的腰板都挺直了，身子抽長了，臉色也紅潤了，漸漸地顯出了少女的嫵媚，而且做起事來很有精神，每天笑臉迎人，真像變了一個人似的。她和那藥師在吃飯的時候，兩人有說有笑，王秀才看了心裡歡喜，覺得真有一家人的和樂。有一天，吃過晚飯以後，王秀才一個人無聊，於是取出棋盤，獨個兒佈起棋局來了。這時月桂正好端茶進來，看到主人下棋，不免停下來，好奇地望著棋盤上的佈局。王秀才不經意地問，「妳會下象棋？」

月桂尷尬地站在那裡，好久才回答，「我老爸生前曾經教過我，不過我只學會幾步基本棋而已。」

「妳既然會，就坐下來試試吧？」

不久王秀才就發覺，月桂跟一般鄉下女孩子不一樣，她思想敏捷，也很熱衷於學習新東西，所以還不到一個月，她的棋藝已精進。王秀才很驚訝欣喜，不免異想天開，想趁夜間空閒的時間教月桂和峻峰兩個年輕人讀書識字。這當然是一個身為私塾的教師天生難改的習性。沒料到，月桂早在幼年時就由她父親啟蒙過，還一直跟在父親身邊，為他鋪紙研墨，所以她不但識字，也會背一些經書；王秀才覺得他的兩個弟子都很難得，也因此更用心教誨了。

自此他們三個人，白天是主僕的關係，晚上卻成了師生與棋友。

他們每天過著和諧的日子，怎料有一天，竟有個人闖進了他們的小天地，引起了一陣風波。原來是王秀才的妻子美鳳，她突然出現了。先是峻峰首當其衝，他大吃一驚，不知所措。幸好醫生娘只探頭看了一下藥房，就一聲不響地轉頭出去了。然後她到廚房去巡視，發現月桂正在煮苦瓜，她一下子就把鍋子搶過來，將裡面的東西全部倒掉。

「妳要餓死王秀才嗎？他最不喜歡吃的菜就是苦瓜了，妳連這個都不知道？」

月桂嚇得一臉的灰白。「這鍋苦瓜不是要吃的，是王秀才為了醫治一個病人的白內障，要我熬煮的。」

「苦瓜？苦瓜也能治病？妳想騙我？」

「我不敢。」

美鳳走過去，扭著月桂的耳朵，又狠狠地打了她一記耳光。「妳還敢強辯！」

王秀才聽到廚房裡傳來怒罵和砸破鍋碗的聲響，忙趕過來。他看到妻子在責打月桂，於是對妻子說，「妳過來一下，我有話跟妳說。」

美鳳不敢違拗，只得跟在丈夫身後。

「妳怎麼能隨便動手打人？那孩子又沒做錯。」王秀才說。

「你那麼疼她，到底有什麼打算？是不是想收她當細姨？把我趕出門去？」

王秀才聽了，很發火。「妳回去吧？以後都不要到醫生館來鬧，讓人當笑話。」

可是那件事就好像在美鳳心裡插了一根刺吧？叫她怎麼吃得消？於是她忍不住每隔幾天就到醫生館巡視一番，無非來找月桂的麻煩。那一年秋天，後院的桂花盛開，王秀才說，桂花可以當藥材，月桂就更加細心地照料那株花樹了。而且還摘下桂花，攪拌在碎肉裡面，然後灌成香腸。那桂花香腸滋味之美，讓人口齒生香，王秀才真是百吃不膩，讚不絕口。沒想到，就在此時，美鳳又風塵僕僕地從鄉下趕來了。她一看到那少女的頭髮上插了一小杈的桂花，走起路來異香撲鼻，她恨得快步上前，把那花朵扯了下來，丟在地上。

「我早知道，妳一心就想勾引男人！」

王秀才很尷尬地責備他的妻子。「月桂不是那樣的女孩，妳不要隨便說那麼難聽的話。」

美鳳更尖聲地吼了。「你今天就得趕走這個不要臉的女人，不然我不會讓你們有好日子過。」

月桂被如此謾罵，羞恨得無地自容，卻不敢回嘴。畢竟對方是女主人，她有權利把下人趕出門去。幸好王秀才並沒有把妻子的威脅當真，沒有把月桂遣走。

王秀才搬到斗南已經有三年多了，病患從遠近不斷地源源而至，醫生館每天擠得滿滿的。也許是太勞累吧？那年冬天又特別的冷，王秀才不小心，半夜裡著了涼，於是咳嗽不止，夜裡惡寒發燒，頭痛鼻塞，無法安眠。雖然吃了幾劑藥，卻還不能馬上見效。月桂憂心忡忡，日夜不肯離開他的身邊。到了第三夜，王秀才仍舊冷颼颼地發抖，無法入眠，月桂實在不忍，於是說，「我去裝個熱水袋放在你腳邊，這樣會比較暖和。」

於是她到廚房去燒了熱水，然後抱著那燙熱的水袋，走進了主人的臥房。怎料主人不知何時卻已睡著了。她站在床腳，望著睡著了的人，猶豫半天，要退出去也不是，要叫醒他也絕對不可。怎麼辦？

終於，她緩緩地掀起了棉被，把熱水袋悄悄地放在主人的腳邊。怎料，還是驚醒了主人。

「還冷嗎？」月桂細聲地問。

「一直在發抖。」

「我可以躺在你身邊，幫你取暖，這樣好嗎？」

王秀才沒開口，於是月桂輕輕地挪著身子，上了眠床。

***

冬去春來，後院的花長得燦爛，王秀才每天都要去繞一圈看一看，舒展身心的疲累。他很感激月桂的苦心與愛心，把原本荒蕪的後院整理成春花怒放，異香撲鼻的花園。

只是，在春天燦爛的花季裡，卻輪到月桂生病了。她顯得憔悴無神，食欲不振，也懶得說話了。

王秀才問峻峰，「月桂怎麼了？她哪裡不舒服？」

峻峰低著頭，半天才說，「王秀才，我和月桂在一起這幾年，同吃同住，我知道她有多好，所以，如果你允許的話，我想娶她。」

王秀才像被雷劈。「真沒想到！我還以為你們就像兄妹一樣，看不出你竟然那麼喜歡她，要娶她做妻子。」

峻峰還是低著頭。「是這樣的，我只是想幫她忙。」

「要幫她忙？你是什麼意思？」

「她有身了，我願意娶她，讓她的孩子有個父親，將來才不會被欺負。」

王秀才整個人僵住了。他如何能相信對方說的話？月桂怎麼可能有身孕？

「是月桂自己告訴你的？她真的這麼告訴你的？」

「是真的，她害喜，這種事怎麼可能當笑話？」

「她要嫁給你，是為了孩子？」

峻峰點點頭，「我很喜歡她，我們會好好在一起過日子的。」

王秀才不再說什麼。日子變得好漫長，大概有一個月吧？他無法面對這個事實，不願，也不敢找月桂來問清楚。終於有一夜，峻峰回老家去探親，屋子裡就只剩兩個人，他這才開口問月桂，「峻峰說妳已經有了身孕，是不是真的？」

月桂低著頭，好久才說，「是真的。」

「是他的？」

月桂的眼睛火亮，奇怪地看著他，很久，才轉過頭去，緩緩地說，「他從來沒有碰過我，我們就跟兄妹一樣。」

王秀才慌了。「那麼妳是說，是我的？孩子是我的？」

月桂不禁委屈地掉下淚來。「還會有別人？」

「妳怎麼不早告訴我？」

「告訴你也沒用，你在鄉下有個妻子。」

「可是……，我結婚這麼多年，一直都沒有孩子，我還以為我不能……」

「不要緊，我會想辦法把孩子生下來，還會把他帶大，你不用擔心。」

「可是如果孩子是我的，我當然要養他教育他，讓他擡得起頭，在社會上好好做人。」

「你不要擔心，我會料理這件事。」

「妳真的要嫁給峻峰？要他代替我的位置？」

「峻峰是個好人，是個很慷慨的朋友，他想幫我的忙，可是我不會嫁給他，我不能這麼做。」

那一夜，他們又在一起，是為了撫慰彼此的辛酸。

月桂既然有了身孕，他們乾脆就豁出去了；於是每夜睡在一起，像真的夫妻。美鳳來了，她一看到月桂發脹的肚子，就知道是怎麼一回事，可是她不聲不響地走了。怎料當天半夜她又躡手躡腳地地潛回了屋子；然後站在王秀才的房外，用一根粗木棍猛烈地撞擊著房門，一邊還不停地吵嚷著，「不要臉的女人，妳有膽的話就出來，我會用這根棍子打死妳肚子裡的野種！」

月桂哪裡敢出聲？王秀才也不敢開門出去阻擋。美鳳就更撒野了，她把門撞得砰砰響，連鄰舍都聽到了，也被騷擾得睡不著。此後每隔幾天，美鳳就會在深更半夜潛進門來，然後用木棍在房外撞擊，搞得房內的兩個人心驚肉跳。可是月桂已打定主意，不管怎樣，她不走，一定要把孩子生下來再說。

這件事哪裡掩蓋得住？王秀才也變得名聲掃地，無臉見人了。可是兩個女人仍爭執著，堅持著。直到秋天，月桂終於生下了一個女孩，王適均替她取名叫王秀水；當然是為了紀念故鄉「秀水庄」。

他對月桂說，「妳和秀水都留下來吧，不要走。」

她搖搖頭。「這裡不能留。」

「那麼搬回秀水庄吧，我母親可以幫妳忙，她會保護妳們的。」

月桂苦笑了。「你也知道，我要是搬到秀水庄的話，我們母女倆就別想活了。」

「那妳怎麼辦？我們該怎麼辦？」

「我已經想好了，孩子滿月以後我就去投靠我二姑。我姑丈很會做生意，他們的生活很過得去，可惜就是一直沒有孩子。小時候，二姑和我很投緣，她每次回娘家就懇求我阿爸，讓她收養我做女兒。現在我帶了一個孩兒去投靠她，她一定很高興，不會把我趕出門的。」

「可是孩子是我的，總不能讓她跟妳去投靠親戚，我有責任把她撫養長大。」

「我懂得你的心意，可惜孩子沒這福分。這樣好了，有一天，如果我需要你幫忙，我自會來找你的。」

王秀才又跟她爭論了半天，可是他也知道，自己其實沒有能力保護她，而且月桂的去意已定，他只好把鎖在櫃子裡的一包錢取出來，遞給她。「這個妳就拿去吧？到了二姑那裡，萬一她不肯收留妳的話，妳就自己在外面找房子住；這筆錢應該足夠妳兩年的生活費用，不會有問題的。妳什麼時候缺錢用，就請人通知我一聲，我會寄錢給妳。」

月桂把那筆錢收下，塞進了一口麻布袋裡。第二天大清早她就用了一條揹巾，將剛滿月的娃娃背在身後，雙手提了兩個布袋，就這麼步出他的家門，從此離開了他的世界。

王秀才失去了月桂，失去了女兒，一天一天的日子成了熬煎，長長的夜裡，仰頭望著窗外的星空，總是無眠。可是白天裡，他的醫務越來越繁忙了，讓他無法喘息。更加上他最信任的藥師，峻峰，卻又突然辭職了，只說要搬到他鄉，另找出路。他沒辦法，只好另外雇用了一個藥師來替代，又請了一個收帳員和一個年長的女人做炊煮，洗衣，整理內外的雜務。幸好生活的繁忙使他無暇回顧，過去的往事也隨著時光漸漸地沖淡了。不過每逢秋天，當後院的桂花開始散放香氣時，他對那兩個母女的懷念就更加的深切，好像割腸子一般。可是月桂一直沒有來信，他無法得知他們母女倆是否安然無恙。他不知該到哪裡去找尋，也沒有時間沉浸在後悔，思念的情懷裡。

到了三十六歲那一年，他的名聲已響徹鄉鄰，人們還把他的醫術宣揚得好像他是個神醫一樣。漸漸的，那棟租來的房子顯得越來越小了。於是他託人找地皮，蓋新居。

夏川聽說王秀才要蓋新房子，馬上不遺餘力地遊說，要適均蓋一棟日式的房舍。他一心想利用這個機會向斗南的鎮民炫耀日本建築的美麗，優雅與實用。但適均卻另有想法，他不願破壞斗南大街舊式的台灣街景，所以只蓋了一棟不顯眼的二層樓房；樓下仍舊是候診室和診所，樓上是住家，只不過房子寬敞，比原來的租屋大了兩倍。室內並沒有什麼裝潢，只在候診室裡掛了兩張書畫而已。倒是樓上的居所，他特地請人設計了一間雅室，滿室的陽光，地上鋪了榻榻米，還有個壁龕；算是對夏川有一個交待。

終於新居落成了，他恭請夏川大人在掛軸上寫字，準備將它掛在壁龕裡面。於是這位日本朋友毫不猶疑地揮毫，在軸上寫下了「智者不惑，仁者不憂」這八個字。王秀才看了，不禁苦笑了。他心裡有多少的迷惑，多少的憂愁，還用別人提醒嗎？

夏川大人興高采烈地說，「有了這間雅室，以後就可以常常邀一些知己來清談、喝酒、吟詩了。」

王秀才沒料到，新屋剛落成，家裡卻傳來了噩耗，原來他的兩個哥哥一直都在嘉義開中藥行，怎知當地鼠疫正猖獗，他們不幸被感染了，竟在短短的期間內丟失了性命，連兩個嫂子也無法倖免；兩家的孩子驟然間成了孤兒，走投無路。王秀才一聽到這夢魘般的消息，當天就搭了火車趕往嘉義，把四個侄女都接回秀水庄。然後到鄉公所辦手續，正式收養了這四個侄女做為女兒。

這時的王秀才雖然每天繁忙勞累，可是為了四個女兒，他反而定時回秀水庄去探望。都只因他心裡一直牽掛著，怕沒有人照顧她們，怕她們想念亡故的父母，覺得孤苦無依。可喜的是，美鳳竟然對那四個女孩很友善和氣，並沒有虐待她們，他就放心了，也很感激。對他來說，美鳳是他心中的一塊石頭，常年壓抑著，使他喘不過氣來。可是如今他漸漸的能夠以平靜的心情來估量自己的處境，也能夠領略到妻子的痛苦與怨怒。他終於看到了她善良的一面，也願意和她接近了。

就在他四十歲那一年，美鳳為他生下了一個兒子。王秀才為他取了一個名字，叫王明德；當然是希望這個兒子長大以後能夠明理明德。

家裡既然添了丁，又領養了四個女兒，一下子多出了五個孩子，所以適均乾脆把那座古老的農莊拆掉，而蓋了一座雕梁畫棟的二層樓房，村裡的人看了誰不讚嘆？

***

已到了秋收的季節，秀水庄的王家莊院早就忙忙碌碌，熱騰騰的全是人，有佃戶，有病患，有成群的雞鴨與孩子。王明德已四歲了，他跟在母親後面，也忙進忙出。王秀才這天剛好在家，到了晚間，他就召集了女兒跟兒子到書房，要教授他們四書、千字文。四個女孩都乖乖地坐下來了，只有明德卻不見影子。王秀才命令家人將他找來，可是找了半天，仍找不到。他很不高興，就自己去尋，原來明德躲在他母親的蚊帳裡睡著了。王秀才伸手要推醒他，卻被妻子阻止了。她狠狠地望了他一眼，「念什麼書！他才幾歲！你讓他好好睡，明天再說。」

「妳就是護著他，妳這樣寵他，將來長大了不成材。」

美鳳撇著嘴反駁道，「不成材！只要他將來不跟賤女人勾搭上，生下野孩子，讓我丟臉就好。」

王秀才聽了，說不盡的心酸。可是跟她爭吵有什麼用？只好默默地走開了。

到了黃昏的時刻，佃農都已經收工了，門外卻來了一個男人，手裡牽著一個六七歲大的女孩子。家人以為他是個病患，可是那人說，他有私事要與王秀才商談。

王秀才看著那男人身邊的小女孩，不知怎的，竟然心頭一震，然後突突地猛跳了起來。他忙問那男子的名字，又問他有什麼事。原來這人姓李，叫勇男，是李月桂的大弟；而他身邊的孩子便是月桂的女兒王秀水。

「我把你的女兒帶來了，」那人說。

果然是秀水！王秀才心中起伏洶湧，眼光模糊了。原以為這輩子再也見不到女兒了，怎知她竟突然出現，就在眼前。他衝動地想一把將她抱在懷裡，可是他沒有這麼做，只緊緊抓住孩子的雙手，不忍放。畢竟，美鳳就站在大門邊，正冷眼看著這一幕父女重逢的戲。

「她真的是秀水？」他啞著聲音問。

李勇男點點頭說，「我姐姐曾經跟你說過，如果有一天需要你幫忙，她自然會跟你聯絡；現在她託我把孩子送來了。」

「這些年來秀水跟她母親都住在什麼地方？」

李勇男說，「她們一直都住在西螺。」

王秀才想問，月桂有沒有嫁人，可是他沒有資格問，都問不出口。

勇男卻猜出了他的心思。「我的姐夫你是認得的，他也姓王，是你的族人，名叫峻峰。」

就這樣，王秀才終於得知了峻峰與月桂的下落；原來他們結了婚。他頗覺釋懷，卻又感到滿心的苦澀，到底是怎樣曖昧的滋味？但他竟然重獲了失去的女兒，那是多麼意外的命運的安排？他決意要好好栽培女兒，也要讓她有一個健全的生長環境。於是他囑咐四個收養的女兒，要她們對秀水友善，把她當成自己的親妹妹看待。其實他也知道，最大的關鍵是他的妻子。她，是這個家的掌權人。所以他一再懇求美鳳，請她好好對待這個女孩。但不管他怎麼懇求，妻子都不理睬，只板著臉，咬著牙，悻悻地走開了。他又懇求母親，請她幫忙。可是一個老婦人有多少權威？多少能耐？這幾年來，她體態越縮越小，像個皺紋滿臉的小孩，走路顛顛躓躓的，誰也不把她當一回事，只成了媳婦的眼中釘，一個吃白飯的累贅。王秀才憂心忡忡，為這個突然出現的女兒捏一把冷汗，可是他也無計可施，不知道怎麼保護她。

秀水出現以後，家裡又多了一個女孩，大家按歲數排，秀水是最年輕的，所以是五妹。可憐的王秀水，她迷迷糊糊地來到這個陌生的家庭，都沒有人告訴她，在這個莊園出入的都是什麼人，為什麼自己會被帶到這裡來，還有那個留鬍子的男人，她叫「阿伯」的，如果他真是阿爸的兄長，為什麼以前都不曾見過面？至於那個叫「伯母」的婦人，秀水每見到她的身影，心裡就打結，就想躲得遠遠的，避開那凌厲怨怒的眼光。還有那四個姐姐，她們每天都在一起吃飯，一起玩，一起睡覺；可是她們卻從來不找她說話，不跟她玩。每天，她默默地過日，獨來獨往，一個人蹲在屋簷下，看著日出，等著日落。她，就像一抹淡淡的影子，沒有人看到。等太陽下山了，那個叫「阿嬤」的老婦人才會帶她去廚房吃飯。夜深了，阿嬤會帶她去房間睡覺。可是那個臉色凌厲的伯母卻從來不曾開口與她說話，只用冰冷的眼光看她。秀水雖然只是個小女孩，但是她看得出來，可以感覺到那個伯母心中的恨毒；她無法猜透，自己到底做錯了什麼，竟惹得伯母那麼恨她？記得離家以前，她的阿母曾叮嚀過，這個家的主人是阿伯；阿伯會很疼她，會照顧她。可惜，他很少在家。

有一天，那個叫「明德」的男孩走過來，在秀水身旁坐下。

「妳看看，這個罐子裡面是什麼東西。」

秀水就打開了，怎料罐子裡竟爬出一隻黑蜘蛛來！她嚇得失聲驚叫，把罐子丟在地上。那罐子就破了，摔成了無數的碎片。

明德大叫，「阿母，秀水打破了罐子，她打破了罐子！」

那個臉色淩厲的伯母跑過來，一個巴掌把秀水打翻了，整個身子就仰臥在地上。

「不要臉的小乞丐，小娼婦，竟然敢到這裡來混日子，真是丟人現眼！」

那一夜，秀水睡不著，想了好久，決心要離開這個地方，去找阿母。可是阿母在哪裡？她的包袱都收拾好了，可是她到哪裡去找母親？她抱著那個小小的包袱，一直哭到天亮。

就這樣，日出日落，一天天地挨。直到有一天，阿伯回來了，把她叫進書房。「秀水，妳去換一件乾淨的衣裳，等一下我帶妳去公學校。」

「你是不是要我去上學？我真的可以去讀書？」

阿伯笑著點點頭。「妳已經七歲了，應該上學了。」

從那一天起，她再也不必蹲在屋簷底下看天，看日出，看曬穀場的雞鴨啄食，等日落。她每天忙著學日語、學算數、學唱歌、學畫畫。老師都稱讚她聰明，都說她不愧是王秀才家的孩子。連那四個姐姐也都對她友善多了，不會故意躲著她了。漸漸的，她很期待阿伯回來，因為每逢他在家的時候，所有的家人和幫傭都以不同的臉色相向，都對她噓寒問暖，怕她沒吃飽，沒穿暖，怕沒人陪她玩。王秀才呢，他一直以溫和，關愛的態度對待秀水，而這個女孩子也打從心裡喜歡他；她直覺地意識到王秀才是她的守護神。可是對那個小她兩歲的明德，她只有畏懼。阿伯說，明德是她的弟弟，兩人要和睦相處才好。可是秀水怎麼做得到？那男孩只要抓到機會，就要把戲整治她，惹她哭。她只好躲得遠遠的，不敢與他接近。

王秀才每次回家，就開班教導家裡的六個孩子，學漢文，讀四書。可是明德不肯學，只一味搗蛋；因為有他的阿母做擋箭牌，祖護著他，所以他敢胡作非為。

有一天，阿伯難得清閑在家，正在書房裡品茶，秀水就趁機找他說話。

「阿伯，你不在家的時候，都住在哪裡？」

「妳為什麼想知道？」他笑問。

「我想搬過去跟你住一起。」

阿伯很驚訝。「為什麼要跟我住斗南？這裡不是有姐姐、弟弟，還有伯母、阿嬤跟妳作伴嗎？而且妳不是很喜歡去上學嗎？」

秀水還是同樣一句話。「我想跟你住一起，我在斗南也可以上學。」

阿伯猶豫了半天，才說，「我在斗南有一間醫生館，每天要看很多病人，晚上還要製藥，看書，和朋友相聚，我沒有時間跟妳作伴。那裡除了幾個男人幫我工作以外，就只有一個阿嬸幫我們煮飯、洗衣服，她沒有時間照顧妳，也不是妳的玩伴。」

「不要緊，讓我跟你一起住吧？我可以替你洗衣服、做早飯、打掃庭院。」

她阿伯想了半天，結果還是搖搖頭。「我的醫生館不是孩子可以住的地方，妳還是在家好好念書，陪阿嬤，跟姐姐，弟弟玩，我會常常回家看妳的。」

秀水知道沒有希望了，只好退出去。可是夜裡無人的時候，她卻躲在被子裡哭了。她想不通，為什麼阿母竟遺棄她，讓她獨自在這陌生，被仇視的環境裡掙扎？她自覺像一隻沒有人要的狗，靠乞討過日。

她那麼孤單，只好認真讀書藉以消遣時光。她每天獨來獨往，沒有朋友，沒有家人，沒有可以傾吐心聲的同伴，她過的是一連串漫長的日子。

在往後的幾年，她漸漸地成長，終於習慣了生活環境，也能處之泰然了。她的學業進步神速，是班上最優秀的學生，王秀才多麼以她為傲。可是在鄉下的小學校念書，即使排上第一名也算不得什麼，根本無法與都市的孩子比拼。這一點她很清楚，所以對升學也不敢存什麼奢望。

沒料到，有一天阿伯從斗南回來，進門就對她說，「下個月初是台南第二高女招考的日子，妳要收拾好行李，我會帶妳去應考。」

她多麼吃驚，多麼緊張，也多麼興奮。原來阿伯早已籌劃好了她的一切，也為她的將來鋪了一條路。

雖然那麼興奮，可是她畢竟實力不夠，在百中取一的競賽裡，她還是敗下陣來了。她覺得羞愧，實在無臉見阿伯。而明德更不肯放過她了，整天只嘲笑她的失敗，說她是個落第生。她羞恨之餘，真想離家出走，可是又沒地方去，只好躲在果園裡，像隻猴子，白天單靠吃水果度日。

到了第二年，阿伯又帶她去台南應試。這次秀水對自己發誓，如果再沒考上，她就離家出走，因為實在無法面對伯母鄙夷的眼光，也無法忍受明德殘酷的奚落。幸好，她上榜了，那是多麼珍貴的成就呀！整個秀水庄從來就沒送過一個女孩到府城去念高等女子學校。在日本政府歧視台灣人的不平等政策下，台灣女孩子能夠擠進高等女子學校的名額寥寥無幾，更何況學費也是一個絆腳石；有幾個家庭願意為一個女孩子負擔那麼昂貴的學費？

自從認識阿伯以來，秀水第一次體會到他的愛心與苦心，她心中有無限的感激。可是在她去台南上學之前，她又親眼看到阿伯為了她所受的屈辱與折磨。原來阿伯的妻子，明德的母親，她必須叫「伯母」的女人，在得知秀水要去台南念書以後，真把整個家都鬧翻了。她說阿伯竟把白花花的銀兩花費在一個來路不明的私生女身上，他大概瘋了吧？或者他妄想有一天她會懂得報恩？會懂得孝順？他難道忘了自己的親生兒子就要升學了，要花一大筆錢，到時該怎麼去籌備？他不是把家裡存的錢都花在那私生女身上了嗎？伯母大聲的謾罵，秀水都聽到了，那一句一句惡毒的話就像一根根的鐵釘，全都敲進她心底。可是，最使她畏縮的話語，是那一句「私生女」的毀謗。她，王秀水，怎麼可能是個私生女？她不是有阿爸阿母嗎？只因她寄人籬下，難道就得遭受如此的蔑視與欺侮？

幸好阿伯沒理會伯母的吵鬧，毅然地親自把秀水送到台南第二高女的學寮去。從此，王秀水走上了人生的另一個階段。

在台南第二高女，王秀水從一個鄉下女孩子逐漸地被塑造成一個現代女郎。在高女的五年中，她學會了怎麼穿著，也學會了社交的禮儀，對長輩，平輩的禮貌；連走、坐、臥、跪的儀態也都包含在每天的課業範圍內。她也學會了裁縫、插花、園藝、茶道及奉茶的規矩。更讓王秀才覺得不可思議的是，她的課程包括了英文、數學、理化、歷史、地理。這些新知識哪是上一代的儒者能理解的？他對這個女兒真有無比的驕傲。秀水很想到日本去上大學，繼續深造，可是伯母卻抵死反對，王秀才鬥不過妻子，只好犧牲了女兒的前途。秀水沒能如願，只好繼續在學校念一年的補習科，然後經三個月的實習，終於取得了任職小學教師的資格。王秀才捐了一筆錢給家鄉的公學校，因此秀水毫無困難地得到了一個教職。從此，她每天都穿得光鮮亮麗去學校。這時，她的四個姐姐都已先後順利地找到了婆家，都已出嫁，該輪到秀水了。雖說家裡每天都有媒人上門來提親，可是美鳳哪肯管她的婚事？祖母呢，更做不了主了。王秀才呢，雖然滿心的掛慮與關懷，卻因平日不在家，所以秀水的婚事就一直耽擱著。

***

至於明德，他是王秀才的獨生子和繼承人，全家都寄望他一個人，可惜他從小被父親忽視，被母親寵壞了，只一味地追求享樂，根本不懂得上進，雖然勉強從中學畢業，可是一直考不上高等學校，更別想跨進大學之門了。王秀才在灰心之餘，想乾脆送他去讀技術學校，至少可以學得一技之長。可是美鳳又吵又鬧，非得把兒子送到日本去繼續求學不肯罷休。王秀才鬥不過，只好送他到日本去了。明德到了日本以後，像一匹被放出籠的馬，連大學校門都沒踏進過，每天只任意揮霍遊蕩，把父親供給的學費和生活費都花在喫喝玩樂與旅遊的花費上面。王秀才對兒子的行徑一無所知，還按月寄錢過去，讓他繼續度著荒唐的日子。五年過去了，王秀才還以為兒子已經取到了大學的畢業證書，要衣錦還鄉了。哪知明德回到家，錢袋空空，一事無成，只帶回一個妻子。那個年輕女人叫純美，長得高頭大馬，活潑健壯，大嗓子，整天只想穿好的，吃好的，什麼家事也不做，只等人服侍，只慫恿著丈夫帶她到處玩。

王秀才很覺灰心無奈，未免埋怨美鳳對兒子盲目的寵愛，可是心底下，他也責備自己對兒子的疏忽，眼前的爛攤子，其實都是自己造成的。如今，該怎麼去收拾？他想跟兒子好好談，可惜明德沒有興致聽父親的規勸，都只當耳邊風。他每天追求的是吃喝玩樂；過的是悠閑的紈綺子弟的生活。兒媳兩個，成了王秀才心中的另外兩塊石頭，使他的心情更加沉重了。

到了隔年早春，有一天清晨，王秀才趁著診所還沒開門，就上街去買報紙；沒想到在街角竟瞥見了一個熟悉的身影。他打量著那個男人，思索了好一會，才突然想起來了，那人是十多年前在他藥房配藥的遠親王峻峰！

王秀才驚喜不禁，馬上快步向前打招呼。怎料，對方竟沒理會，反而匆匆走開了。

「喂，峻峰！你不認得我了？我是王適均呀。」

峻峰被叫住了，只好轉身。「王秀才，有十幾年沒見了？我都不敢相認。」

「你這一向都好吧？一直都住哪裡？現在吃什麼頭路？怎麼都沒跟我聯絡？」

峻峰好像被抓到了贓的賊，不敢擡頭。「自從離開您的醫生館以後，我一直都在西螺一家中藥行吃頭路。」

「原來是這樣？你家人都好吧？」王秀才說，「月桂也還好？」

峻峰紅著臉點點頭。「我當時不知道該怎麼開口向您解釋，只好選擇辭職這條路。」

兩人在街上佇立半天，終於王秀才說，「這一切都是我的錯，應該道歉的是我，應該感謝的也是我；你們夫妻倆把秀水帶大了，還把她交還給我，你們是我的大恩人。」

「不瞞你說，我今天來斗南，就是為了想探聽秀水的消息……」

王秀才說，「你也還沒有吃早飯，是不是？到我住處去吧？我們可以好好談談。」

於是峻峰跟了去。他看到王秀才的醫生館那麼寬敞潔淨，樓上的居所也很舒適雅觀，可以看出他的舊主人生活過得很好。

他們一邊吃早飯，一邊談。王秀才回想起當年，他和月桂，峻峰三個人就像一家人，過著和諧快樂的日子。他不禁好奇地問，「你們結婚這麼多年，現在有幾個孩子了？」

峻峰臉色微變了。「我們並沒有孩子。」

王秀才很驚訝地望著對方。「既然你們沒有孩子，為什麼肯放棄秀水，把她還給我？」

「因為我們沒有辦法好好將她撫育長大。我們沒有念多少書，所以沒能力教導她，我們也沒有多餘的錢送她去上學，為了怕耽誤她的前途，只好將她送還給您。」

王秀才低頭沉思了許久，才說，「你和月桂一定很不忍心送還這個孩子吧？我真是罪過，剝奪了你們做父母的天倫之樂。」

峻峰急忙地說，「我當了秀水七年的阿爸，這是上天的恩賜，我已經很滿足。」

「她現在已經是個教師，會彈琴，會說西洋人的話，還會數學、地理、歷史。」

峻峰笑了。「我們早就看出來那孩子有多聰明了！」

「你把住址告訴我吧？再過幾天，秀水就會去看你們。」

峻峰聽了，真是感激不盡。他已經起身要走了，王秀才卻又把他叫回來。

「我的診所每天都有很多患者，常常忙不過來，以後如果需要你幫忙的話，你願意回來嗎？」

峻峰站在那裡，猶豫了良久，才說，「我怕月桂……」

「這個我能瞭解，其實你可以放心，我絕對不會勉強你的。」

峻峰走了以後，王秀才坐立不安，思量了好幾天，終於才想出了一個可行的計策；於是他專程去找夏川大人商量。

「這些日子以來，我心裡有個打算，想把家傳的祕方配製成眼藥水、眼藥膏，然後行銷到幾個大城鎮的藥局去，夏川大人，你覺得這個主意行不行得通？」

夏川說，「那太好了，不但對你自己有好處，對病患來說也方便；他們只要到藥房去買成藥就可以治好病，不必老遠跑到你的醫生館來求診。」

「可是這事怎麼進行？夏川大人，你是不是可以指點一下？」

於是王秀才和那日本人促膝商量了一整夜，到了第二夜，又繼續討論籌劃。夏川說，製藥的事他完全不懂，可是行銷的作業他可以幫忙；因為做為一個行政官員，他有全台灣的藥局名單與住址；而且他也有管道，可以跟藥局聯繫。

王秀才聽了，心下釋然，知道找對了人。過了幾天，夏川又建議道，「別忘了在藥瓶上貼標簽，說明使用的方法。至於藥水叫什麼名堂，也很重要，要讓人容易記住才好。」

王秀才笑說，「這個我早就想到了，就用『虎眼商標』這四個字，您覺得怎麼樣？」

夏川讚賞地說，「不愧是個儒者，這藥名很容易記住，也很堂皇；誰不想要有虎眼那樣精銳的眼光？你也可以把一張老虎的圖像貼在標簽上，讓人看了印象更深刻。」

夏川又建議道，「這幾年來，教育已經很普遍，一般老百姓都認識字，所以會看報的人越來越多了，每天報紙的銷量都很大；你不妨在報紙上登廣告，一定會有很好的宣傳效果。」

兩人商量切磋了好久，於是那藥膏、藥水上市的計劃就這麼成形了。

「現在最重要的是，你要找個可靠的藥劑師來掌管這件工作。」

王秀才點點頭說，「你還記得峻峰吧？他以前在我這裡工作了很久，後來他辭職到別鎮另找出路；我也有十幾年沒跟他聯絡了。沒想到前幾天在街上碰到他，我想他是個最好的人選了；所以我一旦把製藥所設立起來，就可以請他回來幫忙。」

「他已經離開了這許多年，難道還願意再回來？」

王秀才猶豫了一下，才說，「我也不知道他是不是會接受我的聘請，不過我信任他的能力，也很欣賞他的為人，所以我會盡我所能去說服他，而且我會跟他說，如果一切進行得順利的話，我願意多雇用幾個人幫他忙。」

於是，王秀才在斗南的一條偏街上買下了一間兩層樓的小房子，經過裝修粉刷以後，煥然一新；樓上有一間臥房，還有個小廚房，樓下則設立了一間潔淨的製藥室，有周全的設備，有應用的器具與藥材。等一切齊全了以後，他才寫了一封信給峻峰，還讓秀水親自跑一趟西螺，替他傳遞那一封信。

可以想像，秀水與月桂母女重逢的欣喜與哀傷。十幾年來，那隱藏在秀水心中的悲戚與懷念，都在重新投入母親懷抱的一剎那間，像噴泉一般湧現了。其實，她心裡明白父母會將她送給別人，都是為了她好，都是為了她的將來著想。可是在長久寄人籬下的日子裡，她滿心的刺傷，孤獨絕望，未免埋怨父母的冷酷無情。如今，重回到父母身邊，她心中的複雜情懷使她熱淚盈眶。

母女倆並枕而眠，談了一天一夜；秀水把這些年來在秀水厝遭遇的事，伯母的刻薄與鄙視，明德的欺壓，僕人的勢利眼都一一向母親細述。

「可是妳阿伯呢，他怎麼對待妳？」

秀水一邊噙著淚水，一邊笑了。「要不是有阿伯，我早就離家出走，流浪街頭了。幸好阿伯對我特別好，他保護我，總是為我著想，所以我才有勇氣繼續努力下去。他還花了大筆的錢，送我到高等女子學校讀書，我今天才有資格當教師。」

月桂聽了，心裡充滿了感激，也充滿了哀傷。「所以妳現在總算瞭解阿母把妳送給阿伯的苦心了？我和妳阿爸是不得已才將妳送走的。」

「雖然這麼說，我一直以為這輩子再也見不到我最親的親人了。」

「以後我們會常常見面的，妳帶來的信，是阿伯要妳阿爸負責製造眼藥水和眼藥膏，以後可以運到全省的藥局去賣；這表示妳阿伯多麼信任妳阿爸。而且他也很慷慨，說好了，以後所得的利潤，兩個人平分。」

秀水對金錢沒什麼概念，只點點頭。她關心的是，以後是不是能常常與母親相聚。

「我以後真的可以來看妳？」

「那當然了，等妳阿爸的工作安定下來以後，我們就可以搬到寬敞一些的房子，到時妳只要有空，隨時都可以回家來住。」

就這麼奇跡一般的，秀水終於找回了她的父母；王秀才也找回了他的助手。沒多久，因為報紙的廣告與眾人的口碑，使他的招牌藥水與藥膏得以暢銷台灣各地，收入源源而來。他買下了一部人力車，也雇用了一個車夫，從此他往返家鄉與斗南的路程不再那麼疲乏吃力了。當然峻峰夫婦倆的生活也富裕了，他們在西螺買下了一棟新房子。月桂仍舊住那裡，而峻峰也定時在假日休閑時回家看妻子。王秀才從秀水那裡得知了月桂的情況，知道她身體很好，生活安定，他心裡就踏實了。

「妳阿母的新居有沒有後院？」有一次王秀才不經意地問。

「怎麼沒有？她最喜歡種花種草的。」

「都種了些什麼花？」

「她種了桂花、梔子花、牡丹、芙蓉；還有一些花草，我都叫不出名字。」

王秀才聽了，微笑地點點頭，沒再說什麼。

他知道，這輩子再也不能與月桂見面；他深怕自己若輕舉妄動，會毀掉她的婚姻，破壞她的家庭。最使他小心警惕的是峻峰，他一直是個正人君子，對月桂可說是仁盡義至；對王秀才本人也是忠心耿耿。於是他下定決心，今後只該把她看成已逝的過去，再也追不回來了。但最使他感到歉疚的是，秀水的身世被隱瞞了，她這輩子都不會知道誰是她的生父。

***

王秀才成了有名的醫生，在家鄉做了不少善事，也捐出不少錢，讓一些肯上進的學子得以繼續升學進修。這當然是為了報答鄉里對他的照顧與支持。他也知道，鄉民知識的提升是夏川終此一生努力的目標，有這樣的日本官員，一路含辛茹苦地拉拔優秀青年，他當然願意合作，同心協力，這可說是秀水庄的福氣。

有一天，夏川說，「你也知道政府很希望台灣人成為日本的子民，說日本話，念日本書，對日本天皇效忠。為了達到這個目的，當然很鼓勵台灣人放棄漢人的姓，採用日本姓。你覺得怎麼樣？」

王秀才的臉色一下子變了，他很嚴肅地說，「我從生下來到現在，一輩子都叫王適均，我不懂，為什麼改朝換代就必須改姓換名？要是有一天台灣被哪一個武力雄厚的番邦征服了，難道我還得改姓名？這不是太可悲了嗎？」

夏川聽了，不禁羞愧臉紅。他點點頭，喃喃地說，「我不該有這個建議，不能用友誼做籌碼亂下賭注的，請你原諒我的冒昧。」

隔了好一會，夏川才又改變了話題。「我今天來，其實是想拜託你一件事。最近這幾年，我常在報上看到你寫的詩詞和論文，知道你的文學根底很好，所以很希望你能夠創辦詩社。你在社會上的名聲那麼響亮，只要你提出建議，不怕辦不成。」

王秀才從書架上抽出了一本書，遞給夏川。「你的建議好極了，我會盡力去做的。這是我剛出版的一本詩文集，這就送給你，請你指教。」

夏川看那書名，叫《適均詩文集》，不禁驚喜地翻閱著，不斷地點頭稱許。「你說的沒錯，漢文是你的母語，寫起來自然順暢，詞意深遠，恭喜你了。」

夏川要他辦詩社的事引起了王秀才的興味，於是他開始在腦海裡籌劃如何興辦，要召集哪些人參加。當然，最先考慮的人選便是夏川，還有就是他的莫逆之交，賴桑。於是從兩個人開始，不久就有十來人表示願意加入詩社，這是適均起初沒有料到的。因為舉辦人是王秀才，而參加的人都是臨近鄉鎮的文人仕紳，所以大家一致同意，以王秀才的居處當詩社的會合場所。從此每逢節慶或月明之夜，大家就相聚一堂，飲酒喝茶，談天說地，吟詩作樂。

詩社成立沒多久，夏川已到了退休的年齡。於是王秀才準備了一些珍貴的詩畫，古玩當禮物，還辦了一桌酒席，要歡送這位日本文官回故鄉。怎知，夏川竟退還了所有的禮物，只收下了一座玉雕的筆筒作為紀念。原來他並不想回日本，這幾十年來，台灣已成了他的永久居所，再也不想離去。所以他們夫妻倆準備留下來，只將兩個兒女送回日本定居。從此，夏川仍舊寫他的俳句，別的詩友也能欣賞體會，大家和樂同歡，都忘了他是日本人。

有一位叫林桐的詩友，在一次聚會中見到了端茶待客的秀水。當他得知秀水仍舊待字閨中以後，就很熱心要當媒人。原來他的家鄉就有一個青年學子，也是林姓的族人，名字叫林松濤，目前還在日本習醫，再一年多就會畢業了。這位青年，說來也很不幸，他的母親早逝，從小只與父親相依為命。後來他父親為了他的前途，不惜花一大筆錢，不惜父子別離，硬把他送到日本去留學。怎知，就在他將要畢業的那一年，他的父親竟猝然病逝。他一下子掉入困境裡，學費與生活費都沒了著落。就在此時，他的父執林桐來信，說是已經替他找到了一個理想的婚姻對象，不但女方學歷很高，而且家境很好，松濤當然急不及待地應允了這件婚事。王秀才知道有這麼一個優秀青年，欣喜萬分，馬上就答應了這件婚事的安排。於是雙方交換了生辰八字，又通過媒人的交涉，談妥了女方的嫁妝及現金的數字。王秀才毫不吝嗇，對方的要求他都答應了。他並沒有把嫁妝的細節告訴秀水，所以她對這件婚事浩大的花費一無所知，只忙著備置新裝、首飾。到了隔年的春天，那新郎果然回家鄉來了，王秀才看那女婿，身材高挑、西裝革履、神采奕奕、溫雅瀟灑，真是翩翩美男子，讓他越看越歡喜。於是兩個年輕人順利地完成了婚事。婚後，王秀水跟隨夫婿到日本去，開始了她的婚姻生活。

兩個年輕人，身邊沒什麼錢，在東京苦苦地度日，好不容易松濤終於畢業了，本來說好了一等畢業就整理行裝回家鄉的，可是他卻臨時變了卦，決定繼續留在東京實習。秀水並沒有反對，原來這時她已懷了身孕，害喜的痛苦使她自顧不暇，都懶得理會丈夫的去留。

她終於生下了一個女兒，松濤為她取了名字，叫玉枝。如今一家三口，在東京那麼昂貴的都市生活，實在是很重的負擔，松濤微薄的薪俸無法負荷，不得已只好回家鄉了。

回到故鄉台灣，松濤很不習慣，畢竟他剛滿十二歲時就被父親送到日本去上學，如今十幾年已過去，他的生活習慣，他的外表舉止，甚至他的思想都更像日本人。他也習慣了東京的都市生活，根本不想回故鄉的。可是王秀才施壓力，一定要他回到家鄉去行醫。

王秀水趁機勸丈夫，「我們可以搬到斗南去，我的阿伯在那裡有一家醫生館，你和他一起開業，不但可以省下一大筆錢，而且有他的扶持，你哪怕醫生館會關蚊子？」

王秀才也一再表示，他多麼期望松濤能夠與他合作，一個施藥，另一個開刀，真是面面顧到。可是松濤大概怕王秀才的操縱吧，所以一直不肯答應。到後來，他決定到西螺去開業；不為別的，只因妻子的娘家就在那裡；這也是他體念到秀水在成長的歲月裡，遠離父母的孤單，如今算是一種補償，秀水怎不感激！更何況她現今已經有了一男一女兩個孩子，如果搬到西螺就有母親幫著照顧孩子，而母親也可以享受到天倫之樂，豈不兩全？

從此，王秀才若有病患需要開刀，他一定引介到松濤的醫院；而松濤開藥方，也大多取用王秀才的膏藥或藥水。如此，兩人雖分居兩地，卻合作無間，真有一家人的和諧。秀水在西螺定居以後，更是如魚得水，每隔兩天就回娘家去，找母親聊天、撒嬌。更不可思議的是，她的伯母美鳳，本來是她的仇敵，她童年時代的剋星與虐待者，可是如今她結婚了，美鳳突然對她另眼相看了，還把她的兩個孩子看成了外孫一樣的疼愛！這麼天大的變化，不是奇跡出現嘛？後來她終於搞清楚了，原來美鳳和她自己的媳婦純美合不來，每天吵鬧爭鬥，搞得全家烏煙瘴氣，鬧得鷄犬不寧。大概美鳳氣不過，所以突然和秀水親密了起來，無非是對媳婦的一種報復吧？秀水看在眼裡，笑在心裡。從此她常常帶孩子回秀水庄，去看望伯母。

秀水的日子過得又富裕又充實；她的丈夫從早到晚忙個不停，大大小小的病患把接待室擠得水泄不通，連門外的騎樓也佔滿了，像市場一般。有的小孩子等久了，再也忍不住，就地大小便，搞得鬧翻了天，也引起了左鄰右舍的埋怨。秀水從來不去理會，只全心全意地照顧自己的兩個孩子，希望他們能得到她小時候被剝奪的母愛與關懷。她也希望兩個孩子能得到物質的享受；於是每天把他們打扮得衣冠齊整，一個穿日本和服，像個日本小娃娃，一個西裝筆挺，像個小紳士；每天帶孩子上街，都會引來羨慕的眼光。她還買了一架鋼琴，延請了一位鋼琴老師教導女兒彈奏。每常從外面回來，遠遠聽到從窗扉飄散出來的琴音，她就有滿心的驕傲與快樂。

她的生活就像一杯美酒，溢滿了甜蜜與香醇。怎知，那杯子卻突然跌破了，成了無數的碎片。那一天，松濤跟平常一樣在醫務室裡看診，怎知突然間昏暈了過去，整個人就癱瘓在地上。雖然趕緊送到醫院去，一群醫生也竭力拯救，可惜已回生乏術。她在一夜之間變成了寡婦，這突來的震驚與絕望，哪是她承受得了的？她不斷地自問，為什麼自己從來就不曾關注丈夫的身體？明知他日夜操勞，卻沒想到那根蠟燭兩頭燒，轉眼間就化為灰燼？

松濤的去世，對王秀才有多大的打擊呢？他在一夜之間頭髮都變白了。接著，戰事越逼越近，根據報紙上的報導，日本皇軍屢屢報捷，可是盟軍的飛機一天又一天出現，亂丟炸彈。他滿心的憂懼，對峻峰說，「你還是回西螺去躲一陣子吧？家裡的人有你在身邊，才會有安全感。」

峻峰卻擔心王秀才的安危，不忍離去。「不要緊的，反正警報響了我們才躲進防空壕，不會有危險。」

「你在這裡，每天躲空襲，你的家人不放心，我也不放心，還是回去吧？月桂需要你，秀水和兩個孫子也需要你，他們都需要你的保護。」

峻峰只好回西螺去了。剩下王秀才一個人，每天躲在防空壕裡，等著死神的來臨，等著戰事的結束。

原來斗南的火車站前有一排倉庫，那是日軍儲藏軍火的地方。盟軍當然要摧毀，而且一不做，二不休，乾脆將整個斗南鎮炸成漫天的火花，無數的窟窿。王秀才的醫生館，他的居處，他的製藥廠，全化為灰燼。

王秀才失去了女婿，失去了財產，失去了醫生館，已然身心交瘁，只好搬回秀水庄。他在故鄉只拖延了將近一個月，就離開了這個世間。去逝時，他七十三歲。他死後，夏川也被遣返日本。這位溫文儒雅的日本官員大概無法瞭解，為什麼台灣人對征服者有那麼深的積怨吧？他被群眾唾痰，被稱為日本狗，那種狼狽的景象，徒增了他多少離情的哀傷？

＊＊＊

幾年後，有一天，秀水特地帶著她的兩個孩子坐火車到斗南，下車後又徒步走了很遙遠的一段灰土路，才抵達秀水庒。他們跨過那條秀水溪，溪上的竹筏仍舊在水中搖蕩，幾隻水牛仍在溪中享受清涼，一切如昔。

可是舊時的王家莊院已經不復存在，一百多甲的田地也早已轉入別人的手中，這全是因為王明德的揮霍無度呀！王秀水不曾在村中停留，卻一直走到村外的一間廟宇。她遙遙望去，古祠高樹，幽深肅穆，那是她童年時代所熟悉的景象。她逕往廟外的一尊木雕神像走去，母子三個，瞻仰著那座新上漆的，有數人高的雕像——他白鬍垂胸，面色慈祥紅潤，手中拿著一本書，一副文儒的風範。秀水將帶來的土產、水果擺在神像前，還要她的孩子跟著她跪下來祭拜。

她對孩子說，「這座神像叫王恩主，也有人尊稱他為王帝君。他因為醫術高明，治好了多少的鄉民，大家感念他的恩德，所以雕刻了這尊神像紀念他。」

她的女兒玉枝已經是個中學生了，她仰望著那神像，半天，才回過頭看母親，「媽，他跟我們有什麼關係，為什麼我們老遠跑到這裡來祭拜他？」

「他就是我的伯父，妳小時候常見面的；他很疼妳，常常抱著妳坐在他膝蓋上。」

「呃，他就是王秀才嗎？我當然記得他！」玉枝雀躍地說，一邊瞻仰著那尊神像，「我記得他的書房裡面有個紅色錦墩，早晚都煨著一壺茶。有一次，他用一個超小的茶杯倒了茶，讓我嘗一口，不過好苦，一點都不好喝。」

秀水點頭笑了。「那就是他，我的伯父。」

櫻花樹下

芳文兩歲時父親就過世了，家裡只剩下母親，哥哥和她三個人。母親整天不在家，只有大她三歲的景文作伴。她累了，找哥哥；餓了，找哥哥；在外面玩淋到雨了，也有哥哥幫她換衣裳。其實家裡沒有大人，她不找哥哥，還能找誰？這還不要緊，最讓她吃不消的是，她從早到晚都餓著肚子，家裡卻找不到吃的。有時她實在餓得忍不住，就哀哀戚戚地哭了起來。哥哥沒辦法，只好到左鄰右舍討點吃的東西，讓她止飢。如此一而再，再而三，雖然從來沒遭到白眼，也沒有被趕出門，但在景文小小年紀裡已不免受到創傷，都懂得羞恥，不好意思一再地上門。幸好他們有個姑姑住在市區的邊緣，雖然路途遙遠，但景文記性好，知道哪裡要拐彎，哪一個角落要轉巷。只因這個姑姑一向對他們很關心，每次見面就拉著他們的手不忍放。景文心裡牢記著這個姑媽慈愛的面容，所以有幾次兄妹倆餓得手腳發軟，實在無法再撐下去時，他就會牽著妹妹的手，穿街走巷，到阿姑家求救。

有時母親深夜回來，兩個小孩還沒睡，都餓得睡不著，這時母親會煮湯麵給他們吃，麵裡頭還放了幾片肉，一粒雞蛋；那湯麵的味道那麼鮮美可口，使他們的心頭充滿了感激與幸福感，都忘卻了平日的飢餓。可惜隔天早上起來，又見不到母親的蹤影了。小兄妹倆只得重新面對那沒飯吃，沒人照顧的日子。

有一天晚上，母親回到家，臉色晦暗，妹妹不懂得察顏觀色，竟還纏著母親不放。母親大聲呵斥她，「走開，不要吵我！」

可是妹妹硬是拉著母親的裙裾不放。母親不耐煩地推開她，那小女孩站不穩，就跌倒了，後腦勺撞到地上，一下子就腫起了一粒小肉球。她又驚又痛，嚎啕大哭了起來。景文趕忙把妹妹抱在懷裡，一邊擡起頭望著媽媽，「妹妹很乖的，她因為肚子餓了，才會吵。」

可惜媽媽根本沒有答理他，就自個兒去睡覺了。

隔天早上景文醒來，忙找尋母親，卻見不到她的影子。到底她去了什麼地方？他無從知曉。景文每天陪著妹妹在家，從日出到日落，什麼也沒得吃；他每常搜遍了櫥櫃，卻只找到一罐醬油，一瓶醋，怎能下肚？如此一天復一天，兩個孩子從早等到晚，卻難得見到母親回來。

偶爾回來了，他多麼期望母親留下來。可是隔天早上，他探頭去看，母親的臥房又是空的。

終於有一天，他實在餓得沒力氣，沒辦法再這麼等下去了，於是在母親的衣櫥裡找到了兩條包袱巾，將妹妹和自己換洗的衣服都分開包起來，揹在肩頭，然後牽著妹妹出門。走了半天，芳文再也走不動了，硬要哥哥揹著。景文沒辦法，只好將兩個包袱綁在腰間，然後將妹妹揹起來。如此停停走走，太陽早已蒸蒸騰騰地升上來，他的力氣也已經使盡，終於才走到姑姑家。他敲了半天門，卻沒有人來接應；大概姑姑不在家？不得已只好在門外等了。等了半天，又累又餓，再也站不住，只好抱著妹妹，倚著牆角坐下來。到了下午的時分，街上開始熱鬧起來了，一些攤販推了手推車逐漸出現，把整條街都佔滿了，有賣吃的，穿的，玩的，多麼大的引誘呢？景文還撐得住，可是芳文就開始哭了。兩歲的她，至今還不會說話，不管是餓了或是累了，都只會用哭來表達。

在他們身旁的一個小販，她的手推車上堆滿了香噴噴的烤番薯，如今看到蹲在角落裡的小女孩不停的啼哭，就撿了兩粒番薯，遞給景文。「給你和妹妹的，快趁熱吃。」

他點頭道謝，就剝了皮，讓妹妹吃了。芳文一邊眼角還噙著淚，一邊卻吃的香甜，都笑開了。景文很躊躇，到底要吃他自己那一粒呢，還是留下來，等妹妹餓了再給她吃？

那婦人看在眼裡，就勸他說，「你就吃了你的吧？等一下我會把沒賣完的，再給你兩粒。」

他站起身，鞠躬道謝了，這才開始吃。吃完了，卻正好看到姑姑從街頭那邊走過來了。他馬上站起來，迎了過去。

「姑姑，妳回來了？」

「原來你們在這裡！我今天早上起來，不曉得怎麼搞的，直想著你們兄妹倆，心頭還怦怦亂跳，我實在放心不下，所以就跑到你家去看看，哪知卻見不到半個人影。問了幾個鄰居，他們也都不知道你們兄妹倆跑到哪裡去了。我在門外等了半天，實在又累又餓，只好在飯攤上買了兩個包子當中飯。我就沒料到你們會跑到我這裡來！你們早都餓壞了吧？快進來，快進來。」

「今早妹妹一直哭，我怕她生病了，所以才帶她到姑姑家來。」

「可憐的孩子，你才幾歲？就要照顧妹妹。」

當天晚上，姑丈回到家，景文可以聽到他們在房間裡說著話。第二天早上，他姑姑讓他們兄妹吃了飽飽的一頓早餐，有稠稠的稀飯，有肉鬆，有煎蛋，有花生米，有豆腐乳。吃過了飯以後，姑姑說，「等一下我們就去坐火車，到阿公阿嬤家去。」

景文想問，「是不是很遠？」

但他是個很乖巧的孩子，一向逆來順受，如今姑姑要帶他們去一個陌生的地方，他自然就拎起那兩個包袱，携著妹妹的手，跟隨在姑姑身後出門了。

大人小孩三個，就這麼坐上了火車。一路上，火車經過了無數的小鎮，穿過無數的山洞，放眼望去，一片又一片綠油油的稻田，還有那些彎曲的鄉村小路，不知要去何方？他望著窗外，目不暇給，滿心的好奇與興奮。到了中午時分，姑媽買了兩份鐵路便當，遞給他一份。姑姑正要開始餵小女孩，景文卻說，「我來餵妹妹就好。」

他打開了自己那份便當盒，看到裡面有一大片的排骨，一粒滷蛋，還有酸菜和黃色的醃蘿蔔，多麼豐盛！妹妹笑開了，急著就要吃。景文卻先把排骨咬成一小片一小片，又把滷蛋用筷子切成半，這才開始餵妹妹。

芳文雖然很貪婪，可是她畢竟人小，吃不了一半就飽了。景文把剩下的便當都吃光了，這才勸妹妹睡午覺。妹妹倚在他身上，一下子就睡著了。景文靜靜地坐在座位上，只是擔心著，他們路程的終點在哪裡，阿嬤家在哪裡？今後他們兄妹倆還能再見到母親嗎？

終於他開口問阿姑，「我們還要坐很久嗎？」

阿姑微笑地說，「我們坐的是慢車，到台南以後還要搭公路局才能到麻豆，所以要等到太陽快下山，才會到阿公阿嬤家。」

對他來說，那一天的旅程使他大開眼界，但也使他不安。終於他問阿姑，「我們去阿公阿嬤家，要在那裡住多久？」

姑姑不安地望著他，「我也不敢說你們會在那裡留多久，這全要看你阿公阿嬤的決定了。」

「我媽媽會知道我和妹妹到哪裡去了嗎？」

姑媽笑了。「不要擔心，我會去找她，讓她知道你們在阿公阿嬤家。」

如此，他就放心了。他哪裡料到，終這一生自己再也無緣見到母親？

當天，他們出現在阿公阿嬤家時，已近黃昏；兩個老人見到他們都嚇了一跳。

「是添壽的孩子嗎？妳怎麼帶他們跑這麼遠的路？」

姑姑眼眶紅了。「這兩個孩子是我的親骨肉，我好疼他們，很想把他們留在身邊。可是阿樹不肯，他說我們自己都已經有了三個孩子，再加上這兩個，不是他不願意，實在是養不起。我拗不過他，也想不出別的辦法，只好把他們帶來了，實在是不得已。」

「他們的母親呢？妳把他們帶走了，她同意嗎？」

「她很少回家，孩子都沒人照顧，整天沒飯吃。我一直找不到她，又怎麼去跟她說我要把兩個孩子帶走？」

「這個世上也有這樣的女人？」

姑姑轉頭望了景文一眼，然後說，「孩子是無辜的，我不能眼看著他們餓死，也不能看他們像孤兒那樣，整天在街頭流浪，還不時向鄰居討飯吃。」

景文聽著姑姑的敘述，不禁羞愧難當，眼淚也禁不住流淌下來。

第二天早上，姑姑就坐車回家了，從此兄妹倆只得依靠阿公阿嬤過日。芳文從小和哥哥睡同一張床，如今到了一個陌生的地方，卻硬要她跟陌生的阿嬤一起睡，她更慌了，一直粘著哥哥，一刻都不肯讓他走出視線之外。夜裡，女孩捲曲在哥哥懷裡入睡。如此過了兩年，景文要上學了，阿公對他說，「以後你就跟阿公睡吧？芳文應該跟阿嬤睡。」

不知怎的，芳文很怕阿嬤，怕看到她穿著一身黑色的衣褲，怕她滿頭的灰髮，滿臉的皺紋；如今阿公硬要她搬到阿嬤房間去睡，她覺得惶恐。可是哥哥說，「妳就乖乖聽話吧？不然阿嬤會生氣的。」

女孩沒辦法，只好跟阿嬤睡同一張床了。她畏縮在床角，不敢碰到阿嬤的身子。

原來阿公在麻豆的街上開了一家小雜貨鋪，每天一大早就出門，景文也得去上學，家裡只剩下阿嬤照顧小女孩。大概看慣了吧？阿嬤又常買牛奶糖給她吃，所以漸漸的，芳文就不怕阿嬤了，也不在乎跟她睡一張床了。景文呢，他每天下課後就跑到鋪子去幫阿公的忙。他很勤勞，不管什麼大小事都肯做；做阿公的又歡喜又心酸，常常望著孫子瘦弱的背影，暗自嘆息。

芳文呢，她也聽從哥哥的話，每天都幫著阿嬤做家事，掃地板，擦桌椅。後來漸漸大了，她也學會了做飯，洗衣服。景文看得出來阿公阿嬤並非有錢人家，每天都得省吃儉用，如今多了他們兄妹兩個，一家四口，日子過的更拮据了。景文越大，越懂事，也就更拼命地苦幹，他不但要幫著搬貨，也要負責將貨品上架；晚上回到家還要做功課，他哪有時間跟同學打球玩鬧？不過他習以為常，十幾年的時間就這麼度過了。終於景文中學畢業了，也順利地考上了台南大學；他有意在畢業以後到小學去教書；所以選修了教育學系。他看得出阿公體力越來越差，而雜貨鋪的工作又那麼勞累繁忙，他實在不忍心，所以每天下課後就趕著回家，去店鋪幫忙。阿公阿嬤很不忍，怕他耽誤了學業，更怕他太勞碌，損害了身子。景文卻一點都不在乎，因為他深深體會到，在他們兄妹稚齡的年歲裡，一直沒人看顧，覺得很恐慌無助，要不是阿公阿嬤收留他們，兄妹倆大概就像風中的蠟燭，早就熄滅了。如今他幫阿公維持這個店鋪，是他的本分。

這樣過了四年，景文畢業了。因為他出生時右耳就有失聰的毛病，所以不必當兵，可以直接到附近一家孤兒院去教書。他從小就有個願望，等長大以後他要幫助稚齡的孤兒。這樣的志趣似乎很渺小，但他不在乎，只求心安。

然後輪到芳文。他知道阿公阿嬤並不想讓芳文繼續上學，他們都覺得女孩子只要高中畢業就足夠了，哪需更上一層樓？但是景文卻一再對阿公阿嬤懇求，請他們讓芳文繼續升學。他希望妹妹能學得一技之長，讓她將來有個安定的職業，能夠自力更生。可惜的是，芳文不太肯念書，只喜歡唱歌；她的歌喉好，清脆悅耳；平日在家，總是一邊做家事，一邊聽收音機，學些流行歌曲。幸好有他緊逼著，所以高中畢業以後，她就去報考台南護專，也被錄取了。因為他們家境不好，所以在校四年，芳文都可以免繳學費。畢業後，她毫無困難地在市立醫院找到了護理的工作。

如此又過了兩年，他們的阿公想著兩個孫子都已經成長，他再沒有後顧之憂，所以乾脆把雜貨鋪賣了，每天只在涼亭下跟一些老夥伴喝茶、聊天、曬太陽。

兩個老人既然都已退休，過的是悠閑的日子，景文不再有牽掛，於是決定搬回台北去，畢竟台北是他的故鄉。只不過他離開家鄉已經有二十個寒暑，記憶裡，童年的那段日子其實充滿了憂傷。可是他不回去，又怎能找回母親？他相信母親一定還活著，只要他有恆心，一家人終究會有重聚的一天。

可是問題來了，他在台北沒有一點人際關係，哪能那麼容易就找到工作？他奔走了將近一年，卻到處碰壁。後來終於在萬華一所小學找到了教師的職位。於是兄妹倆搬離了麻豆，妹妹也毫無困難地在市立醫院找到了護士的工作。可惜他們的收入有限，只能在學校附近租到了一間兩房一廳的破舊小平房，兄妹倆就這麼住下來了。剛到台北的日子，他們很難適應，畢竟過慣了小鄉鎮的生活，如今搬到大都市來，每天從清晨到夜晚，街道，鄰居嘈雜不休，到處都是車，到處都是人。那喧鬧的街道，雖然擠滿了人，但沒有一個是他們認識的。而且居處那麼狹窄，哪像在鄉下，有庭院，有果樹，有花圃？幸好他們有彼此做伴，並不覺寂寞；家事呢，都分配得好好的：芳文負責三餐的料理，景文負責買菜，洗碗，打掃房間。晚上沒事就看看電視，看看書，聽聽唱片。芳文喜歡學新歌，景文三不五時就會買一張新的唱片送給妹妹；他完全知道芳文的喜好。

他們安定下來以後，就去找姑媽。雖然他們早知道姑丈已作古，但如今提及，不免還要噓唏一番，都感嘆世事的難料，人生的無常。還有姑媽的三個孩子也都長大成人，都移居海外，有的去念書，有的去做生意，如今姑媽一個人獨居，好不寂寞。

姑媽還是那麼慈愛，留下他們吃晚飯，又問長問短，把他們二十年來過的生活都問透。然後她瞅著芳文看半天，才嘆氣地說，「芳文，妳長得實在標緻，就跟你媽媽年輕時一個模樣！」

景文瞅著妹妹看了半天，也跟著嘆了一口氣，「我已經記不起媽媽的模樣了。」

姑姑繼續打量著芳文，「妳也喜歡唱歌吧？」

芳文笑著點點頭。

景文想問姑姑，她怎麼知道妹妹喜歡唱歌？可是躊躇了一下，把想問的話又吞了回去。

倒是芳文忍不住了，她說，「阿姑，是不是我媽喜歡唱歌？」

她姑姑點點頭，苦笑了。「她結婚前在一家歌廳當台柱，妳爸爸就是這樣認識她的。」

兄妹倆互望了一眼，都很吃驚，也覺得不是滋味。為什麼這許多年來，他們對父母的過去完全沒有一點概念？

他又問姑姑，是否知道他母親的下落？姑媽說，她曾經寫過兩封信，可是一直沒有回音。她也曾到舊居去探問過幾次，都未能見到面；她又到鄰近幾個住家去探問，那些鄰居都說，那婦人早就搬走了，也沒打個招呼，沒留下住址，沒有人知道她的下落。景文聽姑媽這麼說，也無可奈何。但他從姑媽那裡得知了母親的故鄉原來是在溪鎮。

「姑媽，請您把我母親的名字和她娘家故居的住址給我好嗎？說不定我媽媽和娘家的人有聯絡，從他們那裡可以探聽到她的消息。」

姑媽找了半天，終於找到了舊地址，於是抄在一張紙條上，交給景文。「你們有空的話就去走一趟吧？」

他看了一下那紙條，問姑姑，「溪鎮是什麼樣的一個地方？」

「以前是個小鎮，聽說現在很熱鬧了。」

「妳有沒有去過我母親的娘家？」

「只去過一次，當年你爸爸文定時，我曾經陪他去新娘家送聘金和禮盒；我記得她家就在溪鎮火車站附近。」

他們從姑媽家出來，景文沉吟地說，「我覺得姑媽好像沒有跟我們說實話，她大概知道母親的下落，卻不好開口？」

芳文聳聳肩，不在乎地說，「她為什麼不願意跟我們說實話？我覺得她沒有隱藏的必要；我想她一定不知道母親的下落。」

景文也就不再堅持他的想法了。可是從此他把姑媽給他的那張紙條收藏在胸前口袋裡，每天帶著。他想，總有一天他會帶著妹妹到溪鎮，去尋找媽媽的蹤跡。

芳文在醫院工作很順利，因為她手巧，所以經過兩年的訓練，就被派到開刀房值班。不過護士上班的時間不定，每隔一段時間就得從早班換成小夜班，然後是大夜班。幸好她年輕，不會因為上班時間改變就擾亂了她的睡眠。不過上夜班除了要調整睡眠時間以外，也還有別的麻煩。有一回，在颱風的雨夜裡，芳文上完小夜班後，在回家的路上發覺那整條溼溼冷冷的街道，只有她一個人獨行。她有點不安，下意識地加快了腳步。怎知走到半路時，她的身後傳來了腳步聲，而且越來越急促。她回頭一看，是個男人的身影。她更加快腳步，半跑了起來。那人卻不緩不急地緊隨在身後！怎麼辦？怎麼掙脫？她嚇得想哭，卻無計可施，只能更加快腳步而已。幸好這時她瞥見對面有個路人走過來了，是個熟悉的身影，原來是哥哥！她衝過去，猛投入景文懷裡，放聲哭了起來。

那一路追隨她的人看到景文出現，忙閃進一條小巷裡，瞬間不見了蹤影。

芳文問哥哥，「你怎麼突然出現呢？」

「下雨天，又颳風，妳那麼晚才下班我實在不放心，所以就出來看看。」

過了不久，景文就抱回來一隻小狗，那狗是純白色，狗毛蓬鬆，黑色的大眼睛，耳朵直立，又圓又黑的小鼻子，尖尖的嘴，尾巴捲曲。這隻狗有獨特優雅的氣質，非常可愛；芳文第一眼就愛上了。

「哥，那是什麼種的狗？你是哪裡買來的？一定很貴吧？」

景文笑了。「牠叫狐狸狗，是一位家長送的。妳喜不喜歡？」

「我好愛！我們該替牠取個名字！」

「這是妳的狗，妳就替牠取個名字吧？」

因為是一隻母狗，所以芳文就替牠取名為「雪花」。

自此以後，芳文每上小夜班，她哥哥就會牽著雪花去醫院接她回家；每上大夜班，他會帶了雪花，一路陪她走到醫院。她有一個同事，叫曉翠，每常看到景文跟雪花，就會走過來，抱抱小狗，還跟景文寒暄說笑；景文也會跟她聊天話家常。芳文看在眼裡，就想牽引他們。

可是景文拒絕了。他說，「我身無分文，沒有父母，沒有家產，也沒有好職業，連自己都養不起了，怎麼能害她跟我過苦日子？」

芳文打量著哥哥，她也覺得景文怎麼穿著那麼隨便？而且整天都帶著愁容？他為什麼老是皺著眉頭？她忍不住伸出手來，在哥哥的眉頭輕揉了兩下，想舒展他眉間的皺紋；可是有什麼用？

她笑著對哥哥說，「我要是能夠用熨斗燙平你的眉頭就好了。」

景文被她惹笑了，只輕聲地罵道，「傻瓜。」

他們回台北已將近兩年，有一天芳文回到家，對哥哥說，「我們有幾個同事都想應徵到加拿大去當護士，聽說那邊的醫院很缺人，所以願意用高薪雇用外國人，他們還願意為新到的護士申請永久拘留權。」

景文想了半天，皺著眉頭說，「妳一旦放棄醫院的工作，就失去了保障；想回來任職都很難。」

芳文卻很樂觀，「聽我同學說，那邊薪水很高，要存錢很容易，我賺了兩三年以後回來，大概就有足夠的錢買房子了。」

景文不禁苦笑。「妳就是一副樂觀的天性！錢可是那麼好賺的嚒？妳不想想，到了外國，沒有親人，不曉得會有多寂寞呢；而且妳賺來的薪水還得管吃管住，怎麼能省下多少錢？」

「我一定可以存錢的！我們不是從小就吃苦慣了嗎？」

「可是妳這一去，也許就不回來了。」

「怎麼會！大概就去兩年吧？只要存夠錢我就回來。」

「其實我們又不缺錢用，妳為什麼要做出這麼沒經過深思熟慮的決定？」

「可是，我們不是一直希望能夠買一棟自己的房子嗎？」

「在台北買房子只是年輕人的白日夢，有幾個人做得到？」

「總要有個起步呀，而且我們兩個人有兩份收入，只要拼命的積錢，有一天夢想就能實現。」

景文不再說什麼，可是在他心中，這個變化注定了他要失去這個從小相依為命的妹妹。看到芳文那麼急不可待地要面對新的挑戰，他的悲哀更加的深沉了。在他的心目中，妹妹就像一隻夜鶯，在他每日的生活中帶來幽美的聲音，輕盈的步調，歡快的笑容；如今她就要飛離舊巢了。

果然，不到半年芳文就拿到了加拿大一家醫院的聘書。於是她忙著辦出國手續，還要買機票，買皮箱；一個月後就要飛去多倫多！想到要離家，她這才開始緊張，平日都是她處理三餐的，她走了以後，誰要來為哥哥準備飯菜？

「哥，你不能偷懶，不要每天都去外面買便當；那是不行的，那種便當一點都沒營養，甚且對身體有害；所以從今天起，你要學做飯。」

於是兄妹倆一有機會就在廚房裡忙著，芳文一點都不馬虎，像個小媽媽，監督得很嚴，要把景文訓練成廚子，教他怎麼做紅燒蹄膀、蛋炒飯、番茄炒蛋等最基本的一些家常菜，也教他怎麼做咖哩飯、親子丼和天丼；那全是他喜歡吃，又很容易做的日本料理。

「好了，我出國以後，你大概不會餓死了。」她是個粗枝大葉的女孩，以為哥哥學會做那幾樣菜以後，就可以好好地過日子了。

景文心裡卻充滿了悲傷，他覺得妹妹這一去，就會成了永別。他掩蓋了心裡的預感，只對妹妹說，「在妳離家以前，我們該跑一趟溪鎮。」

「那是什麼地方？我們為什麼要去？」

「姑媽不是跟我們說過了嗎，如果想知道母親的行蹤，大概只能到她的家鄉去打聽了；母親是溪鎮人。」

「可是這二十幾年來，母親根本不在身邊，我們還不是活得好好的！你現在去找她幹什麼？我實在不懂。我根本不認識她，也不曉得她長得什麼模樣。」

「我跟妳一樣，即使在街上碰到她，也認不出她來，」景文苦笑地說，「但是我們總要試試吧？不然年久月深就越來越難找到她了。」

「我們為什麼一定要找她？這麼長久以來，她根本不想跟我們見面吧？否則她怎麼都不來找我們？」

「台北這麼大，人這麼多，她即使想找尋我們也很難；何況我們一直都住在台南的鄉下，她怎麼去找呀？我們總要試試看，畢竟她是我們的母親。」

「她是我們的母親沒錯，可是她生而不養，這算不算是一種罪過？我們去找她，是不是要跟她算舊帳？」

景文看著她，良久才說，「也許她有什麼困難，使她沒辦法照顧我們？」

芳文無法同意哥哥的看法，卻也不願違抗他。

「可是為什麼一定要在這幾天？我就要出國了，忙得很呢。」

「就是因為妳要走了，也不曉得什麼時候才會回來，所以我想，就這個週末跑一趟吧？」

於是他們利用週末的時間，坐了早班的區間車到溪鎮。原以為那只是個小鎮，怎知原來是個很熱鬧的地方！景文帶著忐忑的心，拿了姑姑給他的那張紙條，向一位年老的路人詢問。那老者很熱心，想幫忙，可惜看了住址和名字以後，卻搖頭說，「如果你們在十年前來找，說不定還有希望，可是那條路早被拆了，都拓寬改建了；這個婦人的名字我也沒聽過。」

景文很灰心，他帶著歉意對妹妹說，「都是我不好，這些年來一拖再拖，現在連街道都不見了，更別想找到人了。」

芳文安慰地說，「我們本來就不敢期望能找到她的，只不過是完了一樁心願罷了。說不定她住在台北呢；我們可以去問姑姑，看她沒有母親的舊照片，至少我們應該知道她長得是什麼模樣吧？對了，到底媽的名字叫什麼？我到現在都還不知道。」

「她娘家姓李，有個單名叫芯。」

「好奇怪的名字。」

他們在街上走，每到了十字路口就停下來仔細看清路名；雖然明知他們要找的路早就被拆掉改名了，但是要他們放棄也不甘心，畢竟今天特地跑了這麼遠的一趟路，總要找到一點苗頭？可是半天的奔忙，問了那許多路人，就是探聽不到他們要找尋的路名與人。

這時早已過了午後兩點，兄妹倆又累又餓；他們在灰心之餘，只好先找個地方休息再說。

他們一路走，一邊左看右看，想找個像樣的餐館；可惜沿街的飯攤大多很簡陋，使他們卻步。終於他們看到火車站就在眼前；車站附近就有一家餐館，外觀很悅目：白色的石灰牆，深藍色的門窗，門口還掛著一副藍色的日式暖簾，上面有隸書寫的「草心」兩個字。

兄妹倆不禁相視而笑了。

「這家餐館竟然有這麼奇怪有趣的名字！草心嗎？不曉得他們會做出什麼樣的料理？」芳文說。

因為好奇，他們就進去了。因為早已過了午飯時間，所以餐館裡面沒人。兄妹倆看著菜單，卻原來是個日本料理店。於是他們點了一客海老天婦羅，還各點了一碗鹽味叉燒拉麵。

等他們開始吃時，兩人不禁驚異地對望了一眼，都笑了；那是會心的微笑吧？原來他們面前的那碗湯麵竟是那麼美味可口，有肉有蛋，真是口齒生香。而且不知怎的，那滋味在他們的心中竟牽引出莫名的懷舊情緒；似乎在久遠的日子裡，曾經品嘗過這湯麵的滋味。他們一邊吃，一邊沉吟著，也許這湯頭就是所謂的「懷舊古早味」？

吃過了中飯以後，他們再也沒有興致做無謂的搜尋，於是心灰意懶地坐上火車，回台北。

***

再過兩天，芳文就要出國了。那一夜是她值班的最後一天，天卻下著滂沱大雨，景文牽著雪花，撐著傘，要去醫院接妹妹回家。他緩緩地走，走到了半路才想到，該多帶一把雨傘給妹妹的，不得已只好又轉回頭；心裡不禁苦笑了，最近他總是心不在焉，不是忘了這個，就是忘了那個。等他走回醫院門前的路口時，看到妹妹已下班，正站在交通燈旁，等著過街呢。兄妹倆對望著，都暖暖地笑了。這時那小狗雪花也看到芳文了，牠哪管什麼交通燈？只像一枝弦上的箭，飛奔了過去。景文一連驚叫「雪花，雪花」，一邊跟在後頭追跑。就在這時，有部車子突然在他身後出現，那人並沒有踩剎車，只猛按喇叭，可惜景文有一隻耳朵不靈光，又有大雨的阻擋，所以他根本沒聽到，沒看到，沒躲過一邊去；那車子就猛撞到他身上了。

芳文目擊這恐怖的一幕，不禁失聲驚呼，狂奔過街。哥哥卻已癱瘓在馬路上，無法動彈。她扶起他，把他的頭貼在胸前，一邊哭喊著求救。景文的身上，不知什麼地方漸漸地滲出血來，染紅了她的外套。雪花也跑過來了，牠舔著景文的灰白的臉，一邊發出低沉的哀鳴。

雖然醫院就在面前，可是景文的傷勢太重，只掙扎了幾個小時就走了。

怎麼處理哥哥的善後？芳文沒有一點概念，只好去找姑媽商量了。兩個人忙了好些天，終於將景文的遺體火化了。他們先回到姑媽家，吃了中飯；然後芳文就要抱著骨灰甕回家。姑媽卻說，「我已經和郊外的一座靈骨塔交涉好了，要將景文的骨灰安放在他們那裡，我們現在就搭計程車過去吧？」

芳文聽了，直搖頭。她說，「不行呀，姑媽。我有一個同事，她媽媽去年過世。我陪她去了一趟靈骨塔，去祭拜她媽媽。那地方，外表是十幾層樓的建築，鑾堂皇的。進了門就是個佛堂；然後我們坐電梯直上。到了第七層，一走出電梯就是個陰陰暗暗的大廳堂，放眼望去，是一排排頂著天花板的櫥櫃，櫥櫃裡是一格格狹長層疊的抽屜，每一個抽屜裡擺放著一個骨灰甕……我怎麼忍心將哥哥丟在那種地方？」

「那妳要怎麼辦？」

「我希望把哥哥埋葬在櫻花樹下，這樣他才能夠在蒼穹下安息。」

姑媽說，「妳到哪裡去找那種所在？」

芳文固執地說，「前不久我看過一個日本電視節目，介紹東京郊外的一座很特別的墳地，那是一座櫻花林，親人先在花林中挑選一株中意的櫻花樹，然後就有管理員將骨灰埋在樹根下，從此只要認定那棵樹的號碼，就可以找到親人埋葬的地方。這樣不是很理想嗎？每到了櫻花盛開的季節，安息在地下的人和祭拜他的親人都可以欣賞到美麗的櫻花。」

姑媽說，「妳就是滿腦子的怪主意，我們住的是台灣呀，可從來沒聽說過有這樣的墓園。而且即使有的話，也不是我們付得起的。這世上啊，活著的人需要錢才能過日，就連去逝的，也要有錢才能葬在風景秀麗的墓園裡。」

「那就暫時把哥哥的骨灰甕放在家裡吧，等我找到理想的墓園再將他移過去，好嗎？」

「哎，妳這孩子，叫人好頭疼。本來我想問妳肯不肯搬過來和我一起住的，現在妳連哥哥的骨灰都要帶在身邊，哎……」

芳文聽了，馬上答應了。「姑媽，那真是太好了，我下個月就可以搬過去跟妳住。哥哥是妳的外甥，妳不會嫌棄他吧？我只是暫時將他留在家裡，過不了多久就會找到安葬他的地方的。」

她和姑媽道別了以後，就走出來了。走到籬笆外，她聞到一陣芬芳從後院飄過來，那是桂花的香味。她突然有個奇想，何必捨近而求遠呢？何必一定要將哥哥的骨灰埋在櫻花樹下？桂花也是一樣的美，而且那香味多麼使人陶醉？她可以趁著姑媽不在家時，到後院的桂花樹下挖一道淺淺的溝，然後將哥哥的骨灰撒在裡面，從此他可以聞到桂花香，從此他可與大自然混成一片。想到此，她心裡的抑鬱解除了不少，她更抱緊了哥哥的骨灰甕。

回到家，她先把景文放大的大學畢業照裝進鏡框裡，然後擺在哥哥生前用的書桌上，又將骨灰甕放在鏡框旁，如此，儼然就像一座家庭式的牌位了。她看著相片裡哥哥的臉，他那展不開的眉頭和帶著苦味的笑，不禁想著，為什麼他的一生竟有那麼多的憂愁？他哪曾體味到多少的歡樂？畢竟，他的一生曾追逐什麼？他有什麼想望？他是為誰而活？

她撫著那鏡框，對哥哥說，「你不必為我擔心，我不出國了。本來想出去賺點錢買房子的，現在都沒必要了。姑媽邀我搬過去和她住，我已經答應了她，下個月就搬過去。老實說，這樣的安排再好不過了，你說是不是？姑媽也老了，她說她一個人住，房子太大了，而且一個人吃飯，也實在沒胃口。我想她一定很寂寞，我過去跟她做伴，我們可以彼此照顧。」

「還有呢，我也在姑媽家附近的一個綜合診所找到了工作，搬過去以後，我就要開始上班了。那診所只在白天診病，所以我以後都不必上小夜班或大夜班了。

「不過最讓我傷腦筋的是雪花，牠每天都在找你呢，裡裡外外的找，一副哀哀戚戚的可憐相。」

向哥哥祭拜之後，她開始收拾家當，再過幾天就要搬去姑媽家了。她將哥哥的衣物都打包，準備送到收容所，施捨給窮人。其他身邊的遺物，她全擺在飯桌上——幾把鑰匙，一個皮夾，幾條手帕和一些零零碎碎的雜物，還有，就是一本照相簿。她翻開了照相簿，裡面是他們兩個從小到大的蹤跡。其中有一張是哥哥蹲在地上，在幫她繫鞋帶，而她，把身子倚靠在他肩膀，是一副撒嬌、依賴的模樣。還有一張，是在阿公的雜貨店門外，哥哥在削甘蔗，她呢，站在旁邊，等著吃。還有一張，是她抱著小狗雪花。她一頁一頁地翻看著，眼光變模糊了。原來哥哥，不管是雨天還是晴朗的日子，一直都守護著她。原來他的一生都擔負著為父，為母，為兄的三重責任；他的一生就是為了要確保他這個妹妹能存活下來。

如今他走了，一切都變了樣，她已經沒有了依靠。

在哥哥的皮夾裡，她看到了一張褪色發皺的紙條，上面寫著：李芯溪鎮XX路XX號。她知道，那是她母親的名字與婚前的舊住址；景文生前每一天都拽在口袋裡的。他最懸念的一件事，就是找尋母親的蹤跡。如今他已不在人間，至少她可以幫助哥哥達成他的心願？

於是她再度搭乘南下的區間車，去溪鎮。只是這一次她已經先有個打算，一走出車站就往溪鎮的鎮公所走去。她將手中的紙條遞給了一個辦事員，請他幫忙。那男人看了住址與名字，又在電腦裡面找尋了半天的舊檔案，這才回頭對她說，「這條路已經改了名字，現在就叫五穀街，妳只要往車站的方向走，就可以看到街名，不過門牌號已經不準確了。」

她依照指示往回走，果然在車站附近就看到了五穀街的路牌。她沿著那條街走，沒多久就看到了他們曾光顧的那家麵店；門外掛著的日式暖簾，在風中微微地飄動；那熟悉的店名「草心」，就展現在她眼前。

她深深的吸了一口氣，才跨進門去。因為是中午時分，店裡客人很多，還好沒等多久就有個服務小姐過來引她入座。她四處張望，她的座位正好面對著廚房，可以清楚地看到四五個廚師正忙著，他們都是清一色的男人，有老有少。

記得上一次來時，她和哥哥分享了一客天婦羅，還各自點了一碗拉麵。那一餐是多麼的享受！他們吃得津津有味，口齒留香。可惜今天只有她一個人，只好點一碗拉麵填飽肚子罷了。她慢慢地吃著，悠閑地瀏覽著整個餐館。等她吃完了，客人也都走光了，只剩下她和一對年輕的男女。這時女侍者走過來了，遞給了她帳單。芳文笑著向她道謝，然後不經意地問道，「你們的店名好別致，不曉得是什麼意思？」

「哦，是我們老闆取的，聽說那是老闆娘的名字，反正我不懂。」

「那位坐在收銀機前面的太太，大概就是老闆娘了？」

「沒錯。」

「前不久我曾經到這裡吃中飯，不過那天我並沒有看到她，」芳文又說。

「通常都是老闆來，我們老闆娘沒空，她每天晚上都在一家舞廳演唱。」

「原來是這樣的。」

芳文站起身，瞥了一眼那掌管收銀機的女人，她大約五十出頭的年紀吧？艷抹的臉。芳文走上前，那女人打量著她，臉上浮現一絲怪異的神情，似乎要開口，卻又吞了回去。

芳文先付了帳，然後才說，「我想找一個人，她的名字叫李芯，請問，妳認得她嗎？」

那女人驚訝地瞪著她看，搜索著她的臉，良久才問道，「妳找她有什麼事？」

「其實是我的一個朋友要找她。李芯是他的母親，他從小就跟母親失去了聯絡；最近他打聽到他母親的消息，原來她已經改嫁了，而且又搬回溪鎮的老家。」

「妳那個朋友叫什麼名字？」

「他叫景文，林景文。」

那女人的臉色由驚訝變成慌亂，「他，這孩子現在哪裡？」

「他本來住在台北，不過最近已經離開了。」

「妳呢？妳又是誰？」

「我跟妳說過了，我是他的朋友。」芳文平靜地回答，可是她的眼光卻充滿了敵意。

兩個女人對望著，都有話說，卻都不開口。終於芳文直截了當地問，「妳就是李芯吧？妳是景文的母親，二十幾年前把孩子丟下來，不管他的死活。」

那女人掙扎了半天，卻說不出話來。終於她含糊地回答道，「妳把他的住址留給我吧？我會去找他。」

「算了吧？他已經去了很遠的地方，妳再也見不到他了。」芳文說著，轉身往門口走去。

「等一等，請妳把電話號碼跟地址留下來吧？我會跟妳聯絡。」

芳文不理睬，只快步走出了餐館。她發誓，自己這一輩子都不要再回到這裡來。

煙雲

陳小亭七歲那年，第一天上學就碰到了林翠玉。她們長得一般高，老師就把她們安插在教室正中間的那一排，兩人共用一張書桌。這大概是命運的安排吧？從此她們成為一生的摯友。因為她們每天同進同出，所以每一學年開始，級任老師都讓她們坐在一起，直到小學畢業。好笑的是，班上同學都說，她們分不開，就像連體的雙生子。其實都只是開玩笑，因為她們的相貌完全不同；一個是五官端正，膚色白淨；另一個則是弱不禁風，臉色蒼黃。可是若要分辨她們的聲音，卻很難，因為林翠玉很少開口，在班上雖然成績不錯，但她在課堂上從來不曾舉手發言，從來不曾自動和同學打招呼聊天。有人不免要問，為什麼這個女孩會如此寡言？就有人說了，大概因為她出生在首富之家，平日被寵的像公主一樣，當然會養成傲慢的性情了。卻有一些比較厚道的同學認為，林翠玉其實很害羞，她從小就很少和外人來往，所以造就了嫻靜寡言的性格。小亭也覺得，若不是上學的第一天，老師將她們安排在同一張桌子的話，她們大概也不會成為朋友。如今她們既然每一天都在一起，既然翠玉老是沉默不語，小亭自然就成了她代言人；別人即使有話要跟翠玉說，也乾脆找小亭了。

她們倆根本不與別的同學來往，每一天下課以後就輪流到彼此的家去做功課。翠玉的家坐落在台北最昂貴的地段，一棟四層樓的洋房，四周有庭院環繞，枝葉扶疏；若非富豪之家，哪能有如此的氣派？小亭呢，也算是富裕之家，她的老爸是個律師，而她祖父又是個大地主，可以說祖傳的財富是他們家產的根基，所以她看到翠玉家那麼闊綽，並沒有自嘆不如的感慨。翠玉呢，她是商家之女，血液裡流淌的應該是生意人的精明與算計，但她卻很天真，沒有貧富的概念，在她心目中每一個同學的家庭環境都跟她的一樣。

小亭上六年級時，有一天，一個開百貨店的鄰居上門來找她，說是她家那個名叫「文靜」的女兒，成績很差，想請小亭當家教。小亭覺得好笑，也覺得奇怪，為什麼會找上她？而且她只比文靜大兩歲。那太太說，因為兩家是鄰居，方便走動，而且聽說小亭成績很好，所以希望她能幫忙。小亭受到吹捧，挺受用的，就一口答應下來了。

但是教了不到兩個禮拜，她就發覺文靜是個很懶散的女孩，而且一點都不文靜，每次上課都不肯用心，只想聊天話家常，是個碎嘴子。小亭很不高興，覺得家教的安排只不過浪費兩個人的時間罷了；她想推辭這件差事，只是不知怎麼開口。

有一天，文靜一邊削鉛筆，一邊對小亭說，「林翠玉是妳的好朋友，對吧？我看妳們倆天天都走在一起的。妳知道她爸爸是誰嗎？是林棟宇！妳知道林棟宇是什麼人吧？他家的錢堆得像山！聽說他們家供奉的佛像都是純金的！」

小亭懶懶地看著她，「怎麼可能是純金塑造的？別胡說八道。」

「妳知道她有一個妹妹在我班上吧？」

「妳又胡說了，她只有一個弟弟。」

「哈，林翠玉的妹妹叫林紅玉，她們是同一個父親，不同的母親。」

「妳不要亂說！怎麼會有同一個父親，不同的母親！」

「是真的，不信妳問她。」

小亭半信半疑，過了大約一個禮拜以後，她終於忍不住了，於是問翠玉，「原來妳有個妹妹，我都不知道；到妳家去，也沒碰見過。」

翠玉很驚異地瞪著她，「沒有呀，我只有一個弟弟，誰說我有個妹妹？」

「我也這麼說呀，可是我那個學生硬說她班上有一個同學叫林紅玉，她的父親叫林棟宇。妳父親不也叫林棟宇嗎？」

「天下同名同姓的多的是。」翠玉說。

小亭知道從翠玉那裡是找不到答案的，所以她就把這件事擱在一邊了。怎料，過了大約一個月，有一天快到放學時間，翠玉說，「等一下我們去看看，到底那個叫林紅玉的女孩子長得是什麼樣子。」

「妳為什麼想看那個女孩？她跟妳不相干。」

翠玉解釋道，「前兩天我終於提起勇氣問了我媽媽，她說我父親確實在外面養了一個女人，還生了一個孩子。所以妳那個學生的話沒錯，我有一個同父異母的妹妹。」

小亭覺得很尷尬，「很抱歉，我不該多嘴的。」

「沒關係，反正我遲早會知道的。我父親錢多，他怎麼花誰也管不了；只是害苦了我媽。她說，那一陣子她真想跳樓。」

「她怎麼會這樣想呢？妳媽長得那麼漂亮，再去嫁給別人就是了！」

翠玉瞪了她一眼。「大人的事，我們怎麼搞得懂？我想全是因為我媽很傳統，她認為自己的一生是為丈夫而活的，既然丈夫去外面偷吃，那就表示她作為一個女人是完全失敗了。她沒想到自己嫁的是一個很自私，很霸道，又很剛愎自用的男人。媽對他百依百順，他竟然還在外面胡搞，讓她那麼傷心。我實在無法原諒像我父親那樣沒良心的男人。」

小亭聽翠玉用那麼激烈的話語去評判她自己的父親，當然覺得很驚訝。但是翠玉既然那麼鄙視自己父親的作為，為什麼她還想去偷看那個私生女？小亭認為這件事全是自己惹出來的，如今只好陪她去窺看林紅玉的真面目了。

她們跑到林紅玉的教室去偷窺，可是那一群女孩子裡面，到底哪一個是她？

小亭說，「我去問文靜，她會指出來是哪一個女孩。」

文靜聽說她們想找林紅玉，就悄悄地指點著，「就是那個坐在窗口的女生。」

小亭看那女孩長得眉眼盈盈，嘴角還有一對深深的酒窩，是個小美女。

她回頭問翠玉，「妳要不要過去跟她打個招呼？」

「不要！」說著，就往回走。

***

小學畢業以後，小亭和翠玉都順利地考上市女中。三年後，又一起考上了北一女。兩人就像小學時代一樣，每天同進同出。他們也不跟別的同學來往，都覺得只要有一個知己就足夠了。

不知怎的，她們上了高中以後，翠玉的成績就開始滑落，尤其是幾何，三角等數學課程，她根本搞不通，在課堂上總低著頭，更是不敢出聲了。小亭知道，再這麼拖下去不是辦法，於是有一天她特地去找翠玉的媽媽商量。「阿姨，翠玉的數學不行，我自己也只是一知半解，所以幫不了忙。」

於是隔不了多久，翠玉的媽媽就延請了一位家教來替她補習。

小亭第一次看到翠玉的家教是在一個星期天的下午。她剛踏進林家的門，那位家教正巧要離開；於是翠玉介紹了他們兩個認識。

「這位是宋老師，我的家教；宋老師，這位是我的同學陳小亭。」

很簡單的介紹，小亭卻忘不了；那第一次的相遇在她的心裡引起了多深的衝擊。到底她曾在哪裡見過這個人？似乎在記憶的深處，隱藏著這個人的身影？從此他常在她夢中出現，其實也只是一個男人模糊的身影，認不清，可是她知道那是誰。有時她夢見自己依偎在一個男人的懷裡，纏綣難捨。醒來以後，心裡未免覺得羞愧，惆悵。

有一個冬夜，她在公車上碰到了宋平。讓她驚喜的是，他竟還記得她的名字。兩人肩碰肩，聊了好久，到了她的站牌，他還特地下車陪她走了一段路，送她回家。那一天的偶遇，他的話語，他的氣息，她一直都珍藏在心裡。

她不免羨慕翠玉，因為她的摯友每一個禮拜都可以見到宋平三次面，還接受他的指導。只不知翠玉是否懂得珍惜兩人相處的珍貴時光？她想衡量宋平在翠玉心中的地位；可是屢次旁敲側擊，得到的都是同樣的回答，「他是我的家教。」

真的就只有這樣嗎？常年接近一個如此有磁性的男人，難道翠玉的心底都沒有一絲的漣漪？小亭的心裡升起了無法壓抑的羨慕與妒忌。

宋平畢竟是個一流大學的機械系學生，他不但成績好，而且教導有方，因此只需一年的時間，翠玉就開了竅，不但從高中畢業，還順利地考上了台大。不過她應該選什麼科系呢？其實她沒有什麼特別的愛好，因此乾脆就跟從了小亭的興趣，選讀了國際貿易系。這個學科對翠玉來說應該很有用，畢竟她是一個大實業家的千金。可惜的是，她對金錢，對貿易沒有絲毫的興趣與瞭解。

上了大學以後，她們仍然每天同進同出，一塊兒擠公車。照說，翠玉是億萬富翁的千金，家裡有幾部轎車可以供她使喚，但她從來不這麼做。也因此偶爾會碰到一些輕浮的男子靠過來搭訕，找藉口吃豆腐。翠玉不驚也不躲，她很安靜，連眼睛也不眨一下，好像四周無人。那些男子好比撞到牆壁，很自討沒趣。其實也不能怪罪那些輕浮子弟吧？自從上了大學以後，翠玉好像一朵開放的花朵，雖然她從來不化妝，但她的面容有一副天生的秀麗，雖不是令人驚艷的絕色，卻很耐看，就像一朵空谷的幽蘭。

小亭呢，她的模樣有點像小男生，扁平的體態，菜市場的容貌，所以大學四年的青春年華，只能算是虛度；她一直沒有引起任何男生的好奇與興趣。她，在校園熱鬧的情場裡，從來不曾登場，一直沒有機會扮演任何角色。

至於宋平呢，他已經畢業了，正在當兵，只有在休假時偶爾會在翠玉家出現；小亭從來沒機會碰到他本人。有一次她在翠玉的書桌上看到他寄來的信函。

「是不是宋平寫來的？你們一直都有聯繫嗎？真是難得的師生關係呢！他現在怎麼樣了？」

「他只是在軍隊裡混日子，沒事才寫信來。」

「退伍以後他有什麼打算？」

「他好像一退伍就準備出國。」

「妳是不是跟他一樣，也想出國？」小亭問她的朋友。

「我父親說，他想把市場擴展到美國去，所以他要我留學，希望我出去看看，開開眼界，也多少學點東西。他認為我們在課堂上學的全是理論，並不實用。」

「所以妳會在妳父親的旗下工作，將來當起女總裁？」

「沒那麼簡單。妳不知道，我父親周圍的人，一個個都虎視眈眈，都想爬上那個高位。聽我媽說，我父親包養的那個女人其實一直是他的左右手，他們是在辦公室裡勾搭上的；她當然想繼承我父親的總裁位置了。」

「原來這小姨太野心勃勃的。」

翠玉嘆了一口氣說，「還是妳幸運，沒那些錯綜複雜的家庭鬧劇。」

「其實妳也不必對妳父親百依百順呀，妳可以走自己的路。」

「我當然可以當個叛徒，可惜的是，我父親絕對不能容忍我走自己的路；在我家，他的話就是法律，沒有人能夠違背。在公司裡，誰敢違抗他的決定，就會馬上被砍頭。我的父親那麼霸道，都沒有人敢阻擋。」

「那麼妳想申請到哪一家研究所呢？」

「宋平建議我申請S大，那是他要去的學校。」

「你們除了師生的關係，還有別的嗎？譬如說，男女朋友？」

「妳知道宋平的父親是個軍人嗎？他是個空軍將領，我父親一直想盡辦法要巴結他，當然是希望藉他的關係，打開一條與軍事機構合作的通路。宋平成為我的家教，也是我父親的安排。」

「原來如此，所以妳的婚姻也早就安排好了，對不對？」小亭笑著說，可是心中卻像嚼著一粒苦果，無法下嚥。其實她早知道，宋平只會在她的夢中出現，他不可能走入她的生命裡。

***

兩個少女攜手相伴到舊金山，住進了翠玉的父親為她購買的一幢公寓，從此成了室友，每天一塊兒去上課，一起吃三餐，然後相伴回家休息；就跟小時候同進同出一樣，只是現在更親密了。也因為是這樣的安排，小亭才有機會看到宋平，而且每一個周末都能見到他。他，一個外表瀟灑，氣質高雅的男人，不管到哪裡都會引人注目。可是翠玉就不同了，她似乎恨不得沒有人看到她，沒有人發覺她的存在。她，寧可當宋平的影子。小亭每看到他們兩個在一起，那心中對宋平的想望，和對翠玉的袒護與同情，在她的心裡衝擊著。她自己也知道，她絕不會背叛翠玉對她的友情與信任。

有一次，宋平來找翠玉，她正好不在，上街買飲料去了。宋平笑著對小亭說，「我們認識有多久了？可惜我都沒有機會多認識妳。」

其實宋平一定知道，他一定早就從她的眼神裡看出她心底的隱祕，如今卻來挑逗她，嘲笑她。她望著他，想說句機靈、調皮的話，但想了想，就低著頭，微笑地走開了。

有一天，宋平來找翠玉，還帶了他的一個朋友上門。這人也是台灣來的，所以大家一下子就很自在了。從此，這個人成了他們雙對約會的一員，他叫林台生，研究所已經畢業了，現在一家國際銀行當投資顧問。小亭打量著台生，他四四方方的臉，配著一副深度的眼鏡，說什麼也無法在她心中挑起浪花。但是他每次來，小亭就跟他出去；畢竟她沒有別的玩伴。後來她對林台生的背景多了一些瞭解，知道他的父母是雲南人。既然是雲南來的，他是少數民族大概不會錯，只是不曉得他是不是回教徒？

有一次，他們四個到餐館去吃飯，在點菜的時候，小亭趁機問他，「你吃不吃豬肉？」

「怎麼不吃？我什麼都吃。」

宋平笑了，對台生說，「小亭大概以為你是雲南的少數民族，信奉伊斯蘭教。」

「我是漢族，沒什麼異國情調，大概讓妳失望了？」

小亭聽他這麼說，就放心了。「我喜歡吃豬肉，怕你不吃就麻煩了。」

後來她回想到那天一起吃飯的事，不禁苦笑了。自己選對象，從來不敢苛求，只要對方是個男生，只要他願意吃豬肉，她已別無所求。

兩年後，小亭跟翠玉都拿到了碩士學位，小亭因為林台生的牽引，馬上就在一家銀行找到了職位。半年後，台生向她求婚，她覺得沒有拒絕的理由，所以就跟了他走上了結婚的禮堂。當然啦，翠玉是她的伴娘，宋平是台生的伴郎。

過了半年吧？小亭問她丈夫，為什麼宋平還沒有向翠玉求婚？他在等什麼？台生笑了，「妳也知道翠玉的老爸有兩個老婆吧？她家可複雜了，真是剪不斷，理還亂呢。宋平怕翠玉被欺負，所以兩個禮拜前已經回台灣，現在正和他未來的丈人談條件，要爭取她應得的財產。他是個精明人，絕不會讓翠玉吃虧的。」

果然不久以後，小亭就聽翠玉說，她父親在美國的加州成立了一個分公司，由她當總裁；宋平呢，當總經理。翠玉分得了一百萬股的股份，宋平得了五十萬股。公司每日的操作由宋平負責，一切都定奪了。於是翠玉飛回台北，步上了禮堂，當上了新娘，嫁給了宋平。小亭是首席女儐相，她跟在翠玉身後，一桌一桌地移過去，向來賓敬酒。做伴娘的她，滿臉的笑，滿心的哀怨。翠玉呢，她一反平日的冷靜，清秀的臉龐終於顯現了羞怯的笑意，眉眼間露出了一絲的溫柔；她，是個很含蓄的新娘。

他們四個人既然那麼親密，當然住在同一區，兩家若要相聚，走路只需五分鐘就到了。不同的是，翠玉的父親掏腰包，為新婚夫婦買下了一棟豪宅。小亭夫婦的新居，相比之下顯得簡陋多了。

小亭的房子雖小，但她很多產，只短短的五年，家裡就多出了一男一女兩個娃娃。有趣的是，她的生活越忙，那顏面也越有光彩，體態也越豐滿；竟顯出了少婦的風韻來。翠玉呢，她還是苗條的身材，扁平的肚子，人也更沉默了。她每一次來找小亭，必定買了一大堆禮物，有玩具，有童裝，有巧克力，當然是要巴結兩個小孩。她愛跟他們玩，還帶他們到公園去散步、盪鞦韆、餵鴨子。小亭怎麼不感激？她被兩個小孩拖得垮垮的，有時連梳頭的時間都騰不出來。

有一天，小亭乾脆直問她，「妳那麼愛孩子，怎麼不自己生一個來抱？」

翠玉的臉變紅了，低下頭想了半天才說，「宋平為了公司的事忙得沒日沒夜的，而且每隔兩天就得出差，他在家的時間很少。我們兩對，結婚前不是經常都玩在一塊嗎？但是現在都變了，都不再一塊兒出去玩了；我好懷念以前的日子，怎麼結了婚以後我反而很孤獨？連我最好的朋友也不常往來了。」

「對不起，我都疏忽妳了；我被孩子纏得昏頭昏腦的，每天又得上班，真是分身乏術呢，而且我一直以為妳為了公司的作業忙得團團轉。」

「我把公司的事一概都交給宋平去處理了，他能幹，口齒伶俐；我呢，又怕羞，又口拙，根本不懂得交際，所以事情都交給他去辦。妳知道嗎？我把自己的股權也都讓給他了；既然他一心一意為公司拼命，我理該補償他的。」

「什麼？妳把自己那一百萬股的股份都移到他的名下了？」

「是呀，我覺得我應該對他表示完全的信任。」

小亭聽了，只有私底下嘆氣的份。像翠玉那樣全心全意地愛著丈夫，小亭自己是絕對做不到的；她愛得不夠深，所以理智得很。她也用了很多的心思與精力在工作上，也因此她晉升的很快，短短的五年裡，她就成為銀行的副經理。

小亭的銀行有一家分行在聖荷西，總經理要她到那裡去主持一個專題研討會，大概要一個星期的時間。小亭很懊惱，覺得上司沒有一點體恤之心，他怎麼不想想，她怎麼可能出差？她不在家時，誰來照顧兩個小孩？翠玉得知她的困境以後，就很急切地自我推薦，要承當全勤保姆的責任。

小亭沒好氣地反駁她，「妳只會帶小孩到公園去盪鞦韆罷了，妳會燒飯嗎？會洗衣嗎？會買菜嗎？會幫孩子洗澡嗎？」

「妳不用擔心，我會把我的管家平嫂帶過來，她很能幹。」

「可是妳丈夫呢？我是說，宋平呢？他回到家，太太不見了，不怨我嗎？」

「別擔心，他不在家，出差去了，也不知道哪一天才會回來。」

小亭到了聖荷西，分行的同事都以禮相待，畢竟她是總行派來的行政官。他們每晚都會招待她上餐館，吃上等料理，餐後還請她去酒吧繼續喝酒跳舞。小亭難得有這麼愉悅的時光，簡直樂不思蜀了。

到了出差的最後一晚，大夥兒請小亭到一家叫「Papillon」的高級法國餐館，為她舉行送別的晚宴。她發覺那餐館的客人清一色的都是衣冠楚楚的白人，心裡不禁好笑，像這麼高級昂貴的地方，大概很少有東方人光顧吧？

晚宴吃到一半，她離桌到洗手間去撲粉；走回桌位時，她不經意地環視了一下餐廳，怎料，竟瞥見角落裡有一家東方人；定眼一看，那男主人是她認識的！是宋平！

她滿心的驚喜，也沒多想，就匆匆地往那張桌子走過去。

「啊，宋平，沒想到會在這裡碰到你！」

宋平比她更吃驚！好久都說不出話來。

「妳怎麼在這裡？」

「我來出差，已經來了好幾天，明天就要回去了。你呢？聽翠玉說，你也出門了，沒想到你也來聖荷西。」

宋平說，「我已經來了好些天了，明天也要回家了。」

小亭轉頭望著他的同伴，「這位小姐，是同事嗎，還是朋友？」

其實她也知道自己很冒昧，畢竟他跟誰一起吃飯，跟她有什麼相干？

「這位是陳小亭，翠玉最好的朋友，」宋平介紹著，「小亭，這位是我的小姨子，翠玉的妹妹，妳大概沒見過吧？這小傢伙是她的兒子。我想著明天就要回家了，所以今晚特地邀他們母子出來吃頓飯。」

小亭這才鬆了一口氣，轉身好好打量著那個年輕的女人；她是屬於那種讓男人全身酥軟的女性，嬌媚的容貌，柔軟的話語，好像一碰就會融化的輕盈的身軀。

「原來是你的小姨子！嘿，妳叫林紅玉，對不對？我還記得小時候曾經見過妳。有一次，我和妳姐姐特地跑到你的教室去偷看妳！那時妳才小學四年級。」

她從皮包裡掏出了手機，一邊說，「真難得有機會碰到妳，來，我幫你們照張相，帶回去給妳姐姐看。」

林紅玉很優雅地站起來，身子倚在她姐夫的肩膀，然後對著相機展開了燦爛的微笑。小亭喳喳了好幾下，把三個人的身影都存留在她的手機裡面。

然後她又從皮包裡掏出了一張名片，遞給林紅玉。「以後有機會到舊金山來，別忘了來找我。我們姐妹三個可以好好的玩。」

宋平站起身，「好了，我們也該走了，這小傢伙已經睏了。」

那小男孩從椅子上站起來，雙手舉得高高的，撒嬌地說，「Daddy，抱抱。」

宋平臉色變了。他不好意思看小亭，只訕訕地說，「我們該走了。」

小亭不信地瞪著他，那原本剪不斷，理還亂的心結，那久遠以來一直無法揮去的迷惘與黯然的神傷，在那一瞬間都化成了憤怒與鄙視。

宋平說，「再見！」就匆匆地抱著小男孩往外走。林紅玉呢，她的手緊緊地鈎住了她姐夫的臂膀，然後回過頭來，揮揮手，與小亭道別。

小亭回到家，看見兩個小孩活活潑潑，嘻嘻哈哈的，怎不感激翠玉的愛顧與照料？但是想到宋平與他的情婦與孩子，她心中的沉重使她擡不起頭來；她真的不知該怎麼辦才好。

那晚她只好找丈夫商量了。台生聽了也很驚訝，夫妻倆都沒想到宋平竟是這種人，竟會做出這種事。後來他決定打電話給宋平，兩人說了一夜的話，結果還是不了了之。

「你是什麼意思？他不肯認錯？」小亭很生氣地質問丈夫。

「他說，這不能算是做錯了事。只要翠玉不知道，就不成問題。」

小亭氣憤地罵道，「他算是人嗎？竟然做得出這種見不得人的醜事！真是吃裡扒外！」

台生說，「他向我解釋了，他和小姨子在一起，其實都是他丈人牽的線。他結婚之後沒多久，他的丈人就要他回台灣，報告新公司的進展。有一夜，他丈人邀他一起吃飯；卻不是邀他上館子，而是到他姨太太家吃晚飯。宋平就是那天晚上第一次見到了林棟宇的小老婆和他們的女兒。那姨太太說，她女兒紅玉過一個月就要搬到美國的加州去，希望宋平能幫紅玉安頓下來，照顧她的一切。」

小亭諷刺地說，「他真是照顧得很周到呀，不但安排她的起居，乾脆就跟她住一起，還生了孩子，他真的盡責到底！」

台生又繼續道，「其實林紅玉並不是到美國來玩的，她爸爸要她負責銷售他們公司的新產品，聽說他們公司剛推出了一系列的運動服和運動鞋，在台灣很暢銷，所以就想派紅玉到加州去開闢美國的市場。可以想像，紅玉的媽媽有點擔心，畢竟她女兒年輕，而且也沒什麼經驗，所以希望宋平能助一臂之力；她並不是故意送女兒到美國來誘拐姐夫，而是真的希望宋平能拉拔她一下。」

「所以宋平就藉機佔便宜，把小姨子收下來當情婦？還替他生了個兒子。」

夫妻倆都嘆了一口氣。「你想我們該怎麼辦？」

台生說，「如果妳不急著為翠玉打抱不平，那就讓他們夫婦倆自己去解決吧？」

「可是我怎麼可能眼看著翠玉被蒙在鼓裡，在背後當別人的笑料？」

台生嘆息了。「妳看著辦吧？」

小亭想了好久，還屢次從自己手機裡把那一家三個人的照片取出來細細地端詳；終於她下定了決心。

「翠玉嗎？這麼晚了，還打電話給妳，是不是快睡了？」

「還早呢，我通常都是夜裡一兩點才休息。」

「宋平在家嗎？」

「他這次出差時間很長，我都不曉得他哪一天才會回來。」

「那我現在就過去好嗎？我有事要跟妳商量。」

「當然可以，不過都這麼晚了，妳方便嗎？」

「我這就過去。」

小亭靠坐在翠玉的身邊，她摸摸對方的手臂。「妳又瘦了，還是沒有胃口嗎？」

翠玉微微地笑了。「整天沒事，也不想出門。」

小亭將自己的手機遞過去，「給妳看幾張照片；我在聖荷西一家餐館碰到了他們。」

翠玉低著頭，看了又看，好久沒出聲。終於她擡起頭，「那女人是誰？」

「林紅玉。」

「我父親的另一個女兒？」

小亭點點頭。

「那男孩呢？」

「他們的孩子。」

兩個童年的摯友，如今坐在一起，無盡的辛酸，卻無話。終於小亭站起身，「我該回去了。」

翠玉點點頭，默默地送走了她的朋友。

***

小亭一直坐立不安，想像著翠玉的心情，她的震撼，不知她如何處理宋平的背叛？第二天下了班以後，她也不回家，乾脆直接跑去找翠玉。怎料，到了她家，平嫂憂心忡忡地迎接她進門。

「翠玉小姐人不舒服，她說她呼吸困難，而且心痛的很厲害，都沒辦法呼吸。我要扶她起床，她卻又倒了下來。這會兒還在臥房裡，妳要不要上去看望她？」

小亭到了翠玉房間，看到她的朋友躺在床上，大聲喘著氣，雙手抓著心口，好像呼吸很困難。小亭嚇了一跳，忙扶著她。「妳怎麼了？哪裡不舒服？要不要去看醫生？」

翠玉卻搖搖頭，「我覺得好像有人拿著一把刀子，剁著我的心，好像要將它剁成千萬片，痛得我沒辦法呼吸。」

「我帶妳去看醫生，現在就去！」

翠玉卻搖搖頭。「隔一陣子就會好的，只是因為昨夜沒睡，今天很累。」

「妳能不能吃點東西？或喝杯果汁吧？肚子裡有點東西，就會舒服些。」

翠玉還是搖頭。「妳別忙，就陪我坐一下吧？我想和妳商量，今後該怎麼辦。」

小亭忍不住哭了。「都是我不好，不該讓妳看那些照片。」

翠玉搖著頭說，「我遲早會知道的，妳不說，別人也會告訴我；只有像我這種傻瓜才會被耍，被人當成笑話。」

兩個互相擁抱著，哭成一團。但哭有什麼用？

翠玉嘆了一口氣，說，「我真想回家，回到我媽身邊。」

「那就趕快把身體照顧好了，才能出門。」

「我要死在自己的故鄉。」

「妳說什麼傻話！像宋平這種人也值得妳傷心嗎？也值得妳賠上一條命嗎？」

翠玉垂著頭，沒再開口，只躺回床上，縮成一團。

小亭不理翠玉的抗議，還是叫來了一輛救護車，把翠玉送到醫院的急診室去。

過了兩天，她就去世了。醫生說，翠玉患的是「心碎症」。那種症狀是由極度的震驚或悲傷引發出來的，一般來說，只要過幾天就會漸漸消失的。可是翠玉的心臟本來就有衰竭的毛病，再加上她似乎沒有求生的意願，所以就這麼輕易地放棄了自己的性命。

數年後，小亭回台灣省親，趁機會到翠玉的墳前祭拜。她追憶起兩人自幼齡的年代一直持續的友情，那麼長久的相依相伴的時日，到底自己對她認識多少？如今她走了，都像一縷烟，一朵雲，也沒留下什麼痕跡。

花明月暗飛輕霧

那個星期天下午，玉茹接到她妹妹玉梅的電話，要她陪了去買件新年晚宴穿的新裝，也幫她挑選。玉茹望向窗外，天正飄著雪花呢，萬一在回家的路上被阻，豈不是自找麻煩？

「改天吧？妳沒看到外面在下雪嗎？」

「姐，妳別這麼膽小好不好！才飄了幾片雪花就不敢出門？」

「不只是天氣不好，把妳姐夫丟在家，他會不高興。」

「怎麼會不高興？姐夫又不是暴君，妳也不是出遠門！就讓他陪小明玩半個下午吧？難得父子倆在一起。」

她躊躇了好一會，才勉強地答應了。「好吧，我們在哪裡碰面？」

「就在購物中心裡面的那家咖啡屋吧？」

他們喝了一杯咖啡，然後手携著手開始逛時裝店。姐妹倆難得有機會一塊兒出門，那麼逍遙自在地到處逛，那輕鬆愉悅的心情，那道不盡的知心話，使她們恍惚之間好像又回到了少女時代。

她們逛了半天，一家又一家地去試穿，終於玉梅滿意地買下了兩件很高檔的洋裝。玉茹心裡不無羨慕，到底妹夫是個生意人，可以讓妻子隨便亂花錢。玉茹可就沒有那麼好命了，雖說她的夫家在台灣是黨國元老，不曉得積下了多少的家產，可是她丈夫擎宇卻很吝嗇，把家裡的錢抓得牢牢的，每個月只給她限量的錢用。她知道，那是丈夫耍手段，要用金錢來操縱她。

「姐，妳陪了我一整個下午，我請妳吃晚飯吧？」

「怎麼可能？妳也知道我得趕回家去做晚飯！」

當她跨出購物中心時，才驚覺，原來漫天的雪花，早把周遭的一切都掩埋了。停車場空空蕩蕩的，不知什麼時候所有的顧客都已經消失得無影無蹤了。她不免心慌，忙將車子上的積雪清掃乾淨，然後趕緊開出停車場，往回家的路奔馳。

終於快到了，再轉個彎，就會走上她家附近的那條鄉間小路。她心裡一急，不自覺地猛踩油門。哪知就在轉彎的剎那，那車子竟橫衝了出去，衝進路邊的田埂裡。她驚得大叫，忙跑到車外審視災情，只急得想哭，也怨自己太疏忽，怎麼會在這個關頭踩油門呢？

不得已，只好打電話回家求救了。可是，手機取出來，還沒撥號碼呢，腦海裡卻浮現了擎宇一副憤怒的嘴臉，她只好灰心地把手機又收起來。算了吧？還是自己想辦法吧？哪敢靠丈夫幫忙？

於是她又回到駕駛座上，右腳猛力地踩著油門；心想，快馬加鞭，車子總會飛跳出來？哪知，她想的太樂觀，那車輪好像越陷越深了。她再也想不出別的辦法，只能坐在那裡，灰心氣憤地掉淚。

不知過了多久，她發覺有個人影在車窗外出現。「妳需要幫忙嗎？」

她忙搖下了車窗，用懇求的聲調說，「是呀！請你幫我把車子開回路上好嗎？」

那人伸進頭來，望了她一眼，不禁驚訝地說，「玉茹，原來是妳！怎麼啦，把車子開到田裡了？」

「榕生，是你！真是謝天謝地！你能不能幫我在後面推一下？我在轉彎的時候開得太快，車子就從大路滑到這玉米田來了。」

「我當然會幫忙！妳就踩油門吧？不必踩太重。」

本以為是一件很簡單的運作，哪知，車子不聽話；他們花了一個多鐘頭的時間，兩人輪流運轉駕駛盤，終於榕生才把車子開回到路上。玉茹滿心的感激與歉疚，一再地道歉，一再地道謝。

「又不是什麼大事，妳別掛在心上。」

「回到家以後，請代我向芳芳問好，也代我向她道歉，好嗎？你在路上遷延了這麼久，她一定會擔心的。」

「沒關係，妳真的不要在意。」

「可是天這麼晚了，你怎麼會跑到在這裡來？」

「我媽媽去年搬到這附近一家養老院，所以我每個週末都會來看她。」

「呃，芳芳今天沒陪你來？」

「她嗎？她從沒來過。她說她最怕去那種地方，因為那裡氣味很不好，而且死氣沉沉。」

「我很久沒看到伯母了，還記得她剛來美國的時候，曾經到我家吃過飯，後來就一直沒有機會見到她了。她這一向還好嗎？」

「怎麼會好？兩年前她在浴室裡跌了一跤，把髖骨給跌斷了，從此走路都得靠拐杖。家裡又沒有人照顧，所以只好把她送到養老院去；在那裡，至少有醫護人員可以幫忙。」

「老了，真可憐，又是在異鄉，」玉茹說，「下個禮拜我會找個時間去看她。」

「真的？下個禮拜天怎麼樣？我們可以一塊去。」

「好呀，下午三點鐘方便嗎？」

「行，先謝謝妳了，我們下禮拜天見。啊，對了，這裡是我的名片，上面有我公司的地址和電話號碼，還有我的伊妹兒住址，妳隨時都可以跟我聯絡。」

玉茹緊緊抓住對方的手。「今晚非常謝謝，要是沒有你，我都不曉得怎麼辦，大概會凍死在這裡吧？」

榕生笑了。他溫和地說，「快回去吧？不然會著涼的。」

回到家時，已經九點多了，樓下靜悄悄的。她又累又餓，打開冰箱，想找點吃剩的東西充飢。可是那冰箱的門卻砰然被關上了，把她嚇了一跳。原來是她的丈夫，他下樓來了。

「妳到哪裡去了？」他冷冷地問，帶著勉強抑制的憤怒。

「我跟玉梅去買衣服，你也知道的。」

「可是我打電話到她家，她早就回去了。所以妳到哪裡去了？」

「因為雪越下越大，我的車子就滑到路旁的田裡去了，我花了兩個多鐘頭的時間才將它開回路上。」

「妳怎麼不打電話回來找我？」

不知怎的，玉茹竟開始哭泣了，心中累積的多少委屈，似乎都在那玉米田裡給喚醒了。

「我本來想請你去幫忙的，可是又怕你生氣，所以就沒敢打電話給你。」

「妳這不是胡扯嗎？妳說怕我生氣，所以不敢打電話給我，可是妳就不怕這麼晚回家，我會更生氣？」

玉茹腦子裡發昏，想解釋，卻不知從何說起；只呆呆地坐在飯桌旁，把臉埋在臂彎裡。

「妳倒說話呀！妳說話怎麼老是沒頭沒腦的！讓人聽了就生氣！」

她仍舊趴在那裡，不說話。她丈夫更氣了，就順手抓起一把木椅，摔了出去。它哪堪如此折騰？就斷裂成好幾片碎塊。她擡起頭，看了一眼那斷裂的椅子，臉色變得灰白；好像那椅子就是她自己的化身。

「對不起，我不是故意晚回家，實在是路滑，所以車子就失去了控制。」

「妳明明看到外面在下雪，為什麼還堅持要出門？孩子餓著肚子上床，丈夫沒飯吃，妳都不在乎，竟然還有臉回家？」

她很感激昨夜榕生花了那麼大力氣，那麼多時間，幫她將車子拉了上來。所以下班後她就順路去買了一張謝卡。那卡片上面有一幅畫，是一個女孩子跌倒在地上，旁邊一個男孩拉了她一把。那女孩的臉，帶哭又帶笑，很感激的神態。

插圖旁邊還加了一句說明：謝謝你的幫忙，從此我再也不怕跌跤。

玉茹覺得那張卡片很恰當，把她心裡的話都說了出來。可是她應該把信寄到哪裡？寄到他家嗎？她的腦海裡閃過了他妻子芳芳的臉，不禁躊躇了起來。終於她把榕生的名片取出來，然後將他公司的地址抄在信封上。

＊＊＊

沒想到，只隔了兩天，她就接到了一束花，是白色的玫瑰。

夾在花束上的小卡片並沒有名字，只有短短的一句話：很期盼星期天看到妳。

她並沒有把花束帶回家，心想，她怎麼向丈夫解釋，它從何而來？

到了星期天，吃早餐的時候，她對丈夫說，「你還記得芳芳的婆婆吧？我們之前見過幾次面的？聽說她現在行動不方便，所以就搬到我們附近的那家老人院去住了。我想今天下午去看她，你也一起去吧？」

她丈夫皺起眉頭，不耐煩地說，「別人的婆婆跟妳有什麼相干？」

「總覺得人老了，好可憐。」

「要去妳自己去，我才沒有那麼多閒工夫，我要看電視上的足球比賽。」

於是她就一個人出門了，手中提了一盒自己做的綠豆鬆糕，作為伴手禮。

她到達老人院時，三點剛過。遠遠看到榕生站在窗旁，大概是在等她吧？於是走了過去。到了他身後，他才轉過身來。不知怎的，她竟覺得有點不自在，臉上也染了一層紅暈。

「真謝謝妳來，我媽看到妳一定會很高興。」

他們走進房間時，那老人早已穿著齊整，坐在輪椅上等待了。

「媽，有人來看妳呢。」

玉茹走到輪椅旁，蹲下了身子。「鄭媽媽，我是玉茹，很久沒看到妳了，近來好嗎？」

老人審視了她半天，抓住她的手，緩緩地說，「我記得妳，我還去過妳家。」

「妳記性真好，都已經是三四年前的事了。」

「妳長得這副嬌滴滴，小巧玲瓏的模樣，真像個洋娃娃，我怎麼會忘記？」老人一邊說，一邊撫摸著她的手。「我還記得妳特地做了綠豆糕請我！」

玉茹被讚美，臉又紅了。「妳看，我帶了一盒綠豆糕來了，今早做的，還很新鮮。」

「真謝謝妳，太好了。我現在牙齒都快掉光了，不管吃什麼都很費勁，這糕點最軟、最香、最好吃了。真虧妳想的那麼周到。」

老人要兒子倒了一杯熱開水，然後挑了一塊糕餅，吃了起來。一邊還勸兩個年輕人也一塊兒吃。

「媽，妳留著自己慢慢吃吧？」榕生笑道，「誰知道還要等多久才能夠再吃得到？」

「說的也是。住這裡就是吃飯成問題，我不喜歡洋人的飯食，太單調乏味了。」

「我以後有機會還會來看妳的，我會做些點心來，讓妳換換口味。」

榕生說，「真不好意思再麻煩妳。我媽不肯出去和別人交際，整天就待在房間裡；夏天還好，我可以推她到處走走，在庭院裡呼吸一些新鮮空氣。可是冬天就麻煩了，現在外面冰天雪地的，實在沒地方去，只能在客廳走走而已。所以她不是這裡痠，就是那裡痛。」

「要不要我來幫妳按摩一下？」

玉茹說著，也不等老人開口，就站到她身後，開始在她雙肩推拿了起來。那老人一臉的笑意，連聲地說，「啊，真舒服！看妳身材那麼纖巧，竟然有那麼大的力氣！」

玉茹不無驕傲地說，「小時候在家，我老爸每天晚上吃過飯後，就要我幫他按摩，所以我練就了很好的指力。」

榕生坐在床邊的椅子上，默默地看著她。兩人眼光相遇，她一驚，忙將臉別了過去，卻已掩不住那浮上來的紅暈。大概按摩了有二十分鐘左右吧？她的額頭已滲出了細細的汗珠。

榕生站了起來。「媽，是不是很舒服？」

老人笑說，「是呀，早知道，我應該從小就訓練你怎麼推拿了。」

「玉茹也累了，媽，妳就躺下來休息一下吧！吃晚飯的時候我會再來陪妳。」

兩人走去了房間，玉茹說，「我該回去了。」

「不必急著回去吧？才四點半不到，我們去喝杯咖啡怎麼樣？」

她不好意思拒絕，只好陪了他去咖啡店。他們挑了一個裡邊的桌位，各點了熱飲。「妳還跟以前一樣，每天進紐約上班嗎？」

「是呀，有什麼辦法？這個小城根本沒有就業的機會。」玉茹說，「你呢？你也一直在紐約上班吧？」

「對，一直就是這樣。不過兩年前我工作實在太忙，有時為了繳設計圖，還得整夜趕工，根本連闔眼的機會都沒有。我天天坐火車這麼來來去去，實在吃不消，太累人，所以乾脆就在公司附近租了一間小公寓，平時就住在城裡，週末才回家。」

「我還說，怎麼從來都不曾在車站碰到你！原來你躲到紐約去了；你太太不會抱怨嗎？她整個禮拜都見不到你。」

「有什麼好抱怨的？她懶得見到我；我也懶得見到她。」

雖說他的話帶著玩笑的口氣，可是玉茹竟不知如何接腔才好；只好轉變話題了。「所以你明天早上才進城？」

「是呀，我坐七點半的車，妳呢？」

「我六點半就出門了，早去早回嘛，每天都那麼匆匆忙忙，就怕趕不及回家做晚飯。」

「好，明天我也坐六點半那一班，這樣我們就可以在車站見面了。」

她剛才是不是說錯了話，讓他誤以為自己想再見他？想著想著，她又覺得臉上發熱起來了。只好找些不著邊際的話。「對了，謝謝你的花束，好漂亮。」

「妳有沒有帶回家去？」

玉茹搖了搖頭。「沒有。帶回家很麻煩，在車上會枯萎，也會被壓壞掉。好了，我該回去了。」

她走出咖啡店，榕生也跟了出來，替她打開車門。

「那麼明天早上見？」

她點點頭，就開車走了。

第二天，她一大早就出門。車站的月台上早已擠滿了人，她並沒有期待什麼，沒有去搜尋他的影子。可是他還是來了，就站在她身邊。

「今天中午有沒有空？我請妳吃中飯？」他說。

「只怕不行，我每天都利用中午休息時間到公司對面的健身房去做運動，所以中飯也只能在電梯裡面啃三明治。」

「原來如此，難怪妳那麼苗條。」

她笑了。他大概是以她跟芳芳比吧？聽說他的妻子年輕的時候很苗條，每天白衣黑裙，頭髮清湯掛麵，看起來很清新，討人喜歡。哪裡料到，結婚才十年，生下了兩個孩子以後，她竟跟啤酒桶一樣。

想著想著，不知怎的，臉上又熱了起來。她真有點懊惱了，搞不通，為什麼在這人面前，她老覺得羞怯？老是臉紅？她不禁擡起頭來，瞥了他一眼。其實他們已經相識很久了，可是一直沒有深交。她知道那是因為擎宇不喜歡榕生，所以不願與他交往。她不禁在心裡衡量著那兩個男人；他們很不一樣；榕生長得高高的，筆挺的身材，喜歡穿皮夾克，很帥氣，氣度文雅。她自己的丈夫呢，其實也長得挺秀氣，家境更是優越，只可惜人長得矮矮小小的。大概是身材引起的自卑吧？所以他的聲量很大，為人很霸氣，喜歡強詞奪理，脾氣太暴躁，就像一根點燃的爆竹，在他周圍的人，一不小心就會遭殃。她自己不是經常被燒傷嗎？還有她的小孩，那小可憐，都已經八歲了，身子卻那麼矮小薄弱，像五歲的小孩一樣。也難怪他那麼一副可憐相，每天被父親打打罵罵，這裡挑錯，那裡看不慣，都說要把他訓練成有膽氣的男子漢！害得那孩子整天不敢好好吃，不能好好睡，更不敢好好玩。一個小小的孩子，滿心的驚惶。每想起兒子，她的心就糾結成一團。

這時火車進站了。兩人一起上車，坐在同一個車座。

榕生笑著說，「其實妳也不一定每天都得去做運動吧？哪天我們一起出去吃頓飯，有什麼關係？」

「為什麼一定要請我吃飯？」

「妳也知道。」

「我就是不知道才要問呀。」

「不為什麼，我就喜歡跟妳在一起。」

她真的很不自在了。「這是什麼話！」

榕生又笑了。「妳緊張什麼？我只是說著玩的！我們不是老朋友嗎？偶爾在一起吃頓飯有什麼要緊？」

她也不好意思堅持了。「好吧，那麼下個禮拜二怎麼樣？」

「好，一言為定了？」

「可是別忘了，」她再度提醒他，「我只有一個小時的休息時間，所以必須速戰速決。」

「沒問題，我會想辦法。」

原來他並不是邀她去餐館，而是帶她到他的公寓去。他事先已準備了燒排骨、龍蝦沙拉、乳酪等熟食，又有草莓裹巧克力當點心，還加上一瓶酒。

「妳沒有時間到餐館吃飯，大概也不願意去公共場所吧，怕人家說閒話？所以我想，乾脆就到我這裡來，既省時間，又可以避開別人的眼光，這樣比較自在些。」

她哪裡會自在？心想，這算什麼？幽會嗎？不管怎麼說，這地方實在不像是朋友在一起吃飯的場所。可是她怎麼抗議？人都已經來到了這裡，怎麼好意思唐突地離去？不得已，只好勉強坐了下來。

沒想到，那頓午餐竟是那麼精緻可口！他倒了一杯酒給她，她毫不猶疑地喝乾了；那麼甜美的酒，怎麼可能拒絕？

他又倒了一杯給她，接著又一杯，她都喝下了。「糟糕，我頭有點暈，是不是醉了？等一下怎麼回去上班？」

「沒關係，在床上躺一躺就好，我十分鐘以後叫醒妳。」

她真的醉了，真的躺了下來。夢中，榕生陪著她，一直陪著她，替她寬衣解帶，溫柔地將她全身吻遍。她只覺輕飄飄的，無比的舒暢。

***

過了幾個禮拜，天氣已漸漸地轉暖。又逢星期一，大清早，剛走進辦公室，她就接到了榕生的電子郵件：

「妳知道我昨天在街上看到妳了嗎？妳就走在我前面，妳身上穿了一件半透明的白襯衫，牛仔褲。褲子很緊，我看著妳，妳的雙臀，隨著妳的腳步，那麼有韻致地左右搖擺著，在招引我，惹得我心搖神盪，令我發狂。我瘋了一樣，想不顧一切跑過去，把妳抱在懷裡！可惜妳的丈夫就在妳身邊，我只好極力忍住了。

玉茹，我該怎麼辦？我日日夜夜，被妳的身影所纏繞，簡直快瘋了。妳必須答應我，今天中午跟我見面，否則我真的活不下去了。」

這樣的懇求，她該怎麼辦？想來想去，不得已，只好又到他的公寓去和他相見了。

怎知那一天，他跟平時不一樣，竟像一隻奄奄一息的餓狼，不停地喘氣，飢渴地把她撕裂開來，要將她生吞一般。她哪能承受那樣的凌辱？只幽怨地屈服了，抗議地哀叫著。叫得使他更加癲狂，更不肯放。她幾次暈死過去，又幽幽地活了過來；無盡的折磨。

終於累了，都已經耗盡了元氣，這才相擁著，甜甜地入睡。等他們醒過來時，才發覺已經是黃昏。她一下子坐直了起來。「糟了，我忘了要回去上班！怎麼辦？現在都已經是下班時間了。」

她把衣服穿回去的時候，才發覺褲襪全被扯破了，已經不能再穿。她揮了揮那雙褲襪，對榕生說，「你看，都破了。」

榕生笑了。「對不起，下個禮拜一定加倍賠妳。」

「別忘了。」

「不會忘的。」

她一身的慵懶，疲憊不堪，連眼睛都睜不開來。好不容易摸回到家，胡亂地煮了一鍋冰凍的水餃，就應付了過去。

那一夜她實在太累了，睡在旁邊的丈夫怎麼折騰她，她都不在乎，沒反應，只是翻轉個身，死死地睡去。

***

已經到了五月天，春花怒放的季節，那雨雪交加的日子已成了記憶中的過去。玉梅來找她，要一塊兒帶孩子去植物園賞花。

「姐，妳最近看起來很不一樣，那麼容光煥發的！是不是用了新的化妝品？」

「哪有？我怎麼容光煥發了？我用了什麼新的化妝品了？」

「真的，妳不但好漂亮，而且看起來好年輕，妳得跟我說，到底用什麼祕方，有什麼訣竅？」

玉茹臉紅了。「大概已經到了春天，所以晚上都睡得很好。不是有句詩，說是『春眠不覺曉』嗎？女人最大的美容祕訣就是睡眠要充足。」

「大概跟姐夫不在家也有關係吧？妳不用整天緊緊張張的，怕挨罵，怕被他挑錯。到底他要在台灣待多久？」

「還要一個禮拜吧？總要等到他把老媽安頓下來，才能回美國。」

「他媽媽怎麼了？生病了嗎？是不是很嚴重？」

「不是生病，是跌了一跤，把手臂給折斷了。老人家最怕的是跌倒，要是斷了手或斷了腳，真的是後患無窮；有的還賠上一條命。」

「喂，妳婆婆斷了手，妳也不去探望？」玉梅笑望著姐姐。

「我婆婆只想看兒子，她才不稀罕我這媳婦。而且我早把假期都用光了，所以即使想回去探望，也沒假期可以用了。」

「咦，妳又不曾出遠門，怎麼就把假期全用光了？都用到哪裡去了？」

玉茹有點不自在了，她別過頭去，不想讓妹妹看到她臉上的尷尬。「我自己也不知道，反正糊裡糊塗都用光了。」

她們正要出門，怎知，門鈴卻響了。打開門一看，原來是芳芳。是芳芳！

玉茹下意識地倒退了一步，張開嘴，卻說不出話來。

玉梅也跟著走到門口。「原來是芳芳！好久不見了！是什麼風吹來的？」

芳芳卻不答，連一眼也不看她，只一直瞪著玉茹。她的神情像一個魔鬼附身的瘋子，猙獰的面目，使人驚怖！突然，她從揹在肩膀的袋子裡面抽出了一根竹子做的抓癢耙，揮動著向玉茹逼近。玉茹失聲大叫，就要逃竄，可是對方那高大健壯的身軀已在瞬息間擋住了她的退路，把她逼到角落裡。

芳芳，一個多麼秀氣，多麼富於女人味的名字，但此時的芳芳，已不是個女人，而是個報仇的惡煞。她對著玉茹的臉、手腳、身體，瘋狂地抽打下去。玉茹慌亂地躲閃著，卻躲不了，抵擋不住，只能用臂膀護住自己的臉和頭部。玉梅驚呆了，看著姐姐挨打，卻無法動彈。小明看到媽媽受攻擊，大哭了起來，他抓住那陌生女人的裙裾，猛力往後拉。可是有什麼用？他的母親已全身紅腫，有些地方還滲著血珠。

但是那孩子卻不放棄，他大聲提醒玉梅。「阿姨，妳打911！快打911！」

玉梅這才清醒過來，忙要打電話；可是玉茹卻阻止她。「不要叫警察！芳芳，請妳息怒，我向妳下跪道歉。」

玉梅也幫著姐姐哀求著。「請不要再打了，再打會出人命的。」

也許芳芳也累了，她收起棍子，對著那個捲縮在地上的情敵說，「如果妳再敢勾引我的丈夫，我就要妳的命。」

然後，她一陣風似的走了。玉梅扶起姐姐，一邊哭，一邊檢查她的傷。「我帶妳去醫院。」

「我什麼地方也不去，都不要讓人知道，不要張揚出去。」

＊＊＊

她請了一個禮拜的病假，在家療傷。在這期間，她接到了榕生的一封伊妹兒。

「吾愛，

我第一次遇見妳，就忘不了妳，只可惜我已經有妻子，妳也已經有了丈夫，我只好將愛慕之心隱藏起來。想不到，那一晚，我竟在妳最需要幫忙的時刻出現！這是上蒼的安排，讓我們竟然有機會在一起！我像著了魔一般的追求妳，也因此讓我嘗到了激情，也才懂得什麼叫愛的昇華。我豈不感激妳的恩賜？

可是我萬萬沒料到，我的愛卻招惹來了別人對妳的酷刑。我的妻子親口告訴我，她跑到妳家去施暴，還詳細地向我描述，她怎樣鞭笞妳，把妳打得遍體鱗傷！她為了懲罰我，竟把一切都豁出去了。她很坦白地對我說，她不願成為寡婦，所以她不會傷害我；她也不願做個棄婦，所以她絕對不肯答應跟我離婚。她的陰謀是，她要以妳的性命作為脅迫我的武器。她說，如果我帶妳走，她會追蹤到底。她還取出了一把藏在她手提包裡的手槍給我看；她說，如果我不願一切與妳相見，她就要取妳的命。

玉茹，沒有妳的日子，充滿了黑暗，叫我怎麼去摸索？可是，為了妳生命的安危，我該怎麼選擇？吾愛，妳說我們該怎麼辦？我不能讓妳每天過著戰戰兢兢的日子；可是我也不能放棄妳，不可能讓妳走出我的生命。妳說，我該怎麼辦？我們該怎麼辦？」

她怔怔地坐在那裡，無法動彈。這時玉梅進來了，坐在床沿，姐妹倆相對無言。良久，妹妹才問，「妳跟他，在一起多久了？」

「半年。」

「他的妻子怎麼知道的？」

玉茹搖搖頭，「我也搞不清楚，他沒說。」

「他有什麼打算？」

玉茹又搖搖頭。「他把球丟給了我，要我做決定。他還說他老婆皮包裡有一把槍，要是她看到我們在一起，她就讓我吃子彈。」

「那妳打算怎麼辦？那個男人妳就放棄了吧？可是姐夫快回來了，妳得想辦法呀，否則妳是死定了。」

「我可以到妳家去躲幾天嗎？」

「妳躲到我家去有什麼用？我老公又不在，誰來保護妳？」

玉茹聽妹妹這麼說，更慌了。「妳也替我出個主意呀！我該怎麼辦才好？」

「姐夫遲早會知道這件事，躲不過的；他會先把妳打個半死，再把妳趕出門。我想妳最好現在就去找個好律師，請他替妳想辦法。」

玉茹茫然地坐在那兒，心裡沒有一點頭緒。「我臨時要到哪裡去找律師？」

玉梅想了半天，突然跳了起來，興奮地說，「有了，有了，妳可以去找強生！記得前年妳到我家過聖誕節的時候，不是有個洋鄰居也來做客嗎？他就是強生。那時他太太剛去世，我看他怪可憐的，就請他過來了。我知道他是個很有名的律師，妳去跟他談談吧，也許他可以幫妳忙？」

玉茹眼看丈夫就要回來了，實在無計可施，只好去找強生了。她不願意到他辦公室去丟人現眼，所以事先跟他約好了，等他下班回家以後，她再去拜訪，與他私下商談。

當晚，她特地花了幾個小時的時間細心地梳妝打扮，為的是遮掩臉上的青腫；她又挑了一件緊身的長袖洋裝，為了遮掩手臂上的傷，也為了要炫耀她誘人的體態，希望在強生心中留下良好的印象。

到了強生家，玉茹前後左右看了看，原來是一座很有氣派的花園洋房，後面還有游泳池和涼亭。她按了門鈴，就有個男人來開門了。那人她見過一面，如今還有點印象：五十多歲的年紀，端正的外貌，頭髮已半白。玉茹打量著他，覺得這人很有紳士的風度，值得信賴。這麼想著，她的心情驟覺開朗了許多，不禁對他展現了甜蜜的笑。

強生親切地跟她握了手，才指著一張有靠背的沙發椅，請她坐下來。

「聽妳妹妹說，妳有點困難需要我幫忙？」

玉茹點點頭。「我丈夫現在還在國外，大概這兩天就會回來。我知道要是被他尋到我的行蹤，他一定先把我打個半死，然後再趕我出門。」

對方這麼簡單的一句問話，使玉茹再也無法逞強，剛才擺出的笑意，全都消失了；取而代之的是一張哭喪的臉，一副焦慮的神色。

「妳為什麼認為他會這麼做？」

強生打量了她好久，才用關懷的口氣探問道，「妳認為他真的會傷害妳？」

她無法回答，這幾天以來所遭受的震撼與創傷如今都湧上心頭，淹沒了她，使她無法自制，飲泣了起來。強生被搞得有點不知所措了，他忙走過來，半跪在她的面前，抽出胸袋中的手帕遞給她，然後輕輕地拍著她的膝蓋，勸慰地說，「不要哭，不要哭，我們可以好好商量對策。」

不曉得過了多久，她才稍稍地安靜下來。「我承認自己做錯了事，不能怨別人；我也知道我的丈夫絕對不會原諒我的。其實我並不在乎和他離婚，我擔心的是，他會搶走孩子。我那兒子生下來就已經先天不足，長得瘦瘦弱弱的，可是他爸爸還整天打他罵他，他怎麼受得了那種精神上跟肉體上的虐待？所以無論如何，我絕對不能丟下他不管。」

「妳的意思是，妳一定要爭取到兒子的監護權？」

「正是如此，你能幫我嗎？」

「大概不會有問題吧？雖然我並不是辦理離婚案件的律師，不過我的律師事務所很大，不管什麼案件，什麼糾紛，我們都有專業的人才可以處理，所以我可以請同僚幫忙。就我所知，兒女的監護權問題，做母親的一直都佔很大的便宜。不過妳必須把你們夫妻之間紛爭的來龍去脈說清楚，不要掩飾，不要把我蒙在鼓裡，這樣我才有辦法替妳解決問題。」

玉茹沒法，只好把婚外情的發生與過程都詳細述說了。她一邊說，臉色也一下子紅，一下子白，使得強生的心裡產生了多少的迷惑。

她又拉起了衣袖。「你看，這些傷痕，都是那個人的妻子所賜；她跑到我家來打我！」

強生很明顯地吃了一驚。「那女人竟那麼兇悍？」

「她確實是個兇婆子。」

「那麼從今以後，妳不想再跟妳的情人相會了？妳只好放棄他？」

玉茹不開口，只輕輕地點頭。

「妳怕她以後還會來找妳麻煩？」

玉茹又點點頭。「而且我相信她會去找我丈夫，把我的事說得很不堪，還慫恿他跟我算帳。」

「她怎麼知道妳和她丈夫的戀情？她有證據嗎？或者有見證人？」

玉茹思量了半天才說，「大概沒有吧？我們從來沒有在公共場所出現過。」

「既然這樣，我們先下手為強，提出離婚的要求，理由是這些年來妳丈夫對妳的精神上的虐待，使妳無法繼續承受下去。」

玉茹點頭同意了。

「那麼家產呢？妳有什麼打算？照說，妻子應該得到一半，至少房子都歸妻子所有。」

玉茹搖搖頭。「我不想跟他爭，我只要孩子。」

「妳還是不要隨便放棄吧？即使妳不想跟他爭，至少也可以利用家產，房產做為討價還價的籌碼。」

「你說的也是。我丈夫把錢看得像命根一樣，一直捏在手裡，連一分錢也不肯讓我多花。」

「還有，妳說妳怕丈夫會把妳打死，他曾經對妳用過暴力嗎？」

她有點躊躇了。「有一兩次打了我的耳光，不過，最讓我緊張的是，他一不高興就打翻桌椅，丟碗筷，摔碟子，害得我整天緊張兮兮的，就怕做錯事，怕惹他生氣。」

「不過，他大概不會真的把妳打死？」

玉茹沉思了半天，才說，「他很愛面子，所以他不會在公共場所做出丟人現眼的事，怕惹人笑話。但是在自己家裡，他可以隨心所欲地打罵；反正關起門來就沒有人看到，也沒有人聽到。」

「那麼今後妳怎麼辦？妳既然不敢留在家面對丈夫，總要找個地方住？」

「我真的想不出可以躲到哪裡去。本來我希望到妹妹家躲幾天的，可是她那裡也沒有一點保障；我丈夫隨時可以闖進去，把我抓回家。」

「如果妳暫時搬到我這裡，」強生說，「妳丈夫會硬闖進來嗎？」
「不會的，他是個欺軟怕硬，媚上欺下的人。你是個有錢的洋人，又是有地位的律師，他會對你敬畏三分。」
「那麼妳就暫時搬到我這裡來住吧？」
玉茹驚訝地望著強生。「這怎麼行？我怎麼可以打擾你的清靜，增加你的負擔？」
「有什麼不可以？這只不過是暫時的安排罷了。以後妳要是能找到更適當的居所，隨時都可以搬出去的。反過來說，我這房子實在太大了，妳要是搬過來的話，我就有個伴，真是高興都來不及呢。」
玉茹萬萬沒料到，事情就這樣簡單地解決了。於是過了兩天，丈夫還沒回到家，她就先溜了，連兒子也跟著搬了過去。她像一隻失巢的鳥，如今找到了新的窠，豈不感激？
強生為了玉茹離婚的案件，真是不遺餘力；他真的先下手為強，由女方提出離婚的要求。強生與她丈夫見了幾次面，討論一些財產與監護權的細節。奇怪的是，擎宇很乾脆地答應了妻子離婚的要求，而且隻字不提她的婚外情，好像他根本不知道有這麼一回事一樣。他真的不知道嗎？難道都沒有人跟他提起？玉茹覺得很迷惑。

她的丈夫卻有一個要求，那便是，他要兒子。玉茹當然不肯答應，兩方僵持著，斷斷續續地談判了將近一年。終於，玉茹做了最大的讓步——她放棄了財產均分的要求；但她也取得了兒子的監護權。

她真的無家可歸了，從此，強生的家成了她的家。她，成了強生的女人。

強生呢，他很滿意這個安排。他把小明視為親兒子一般；對一個沒有子嗣的人來說，這現成的兒子是個意外的收穫。當然啦，使他最滿意的是玉茹。對他來說，這個中國女子就像一個有血有肉的娃娃，肌膚細嫩，舉止嫵媚，既好看又好玩，他怎不當成寶貝一樣？因為有了她，這個以往鬱鬱寡歡的鰥夫，如今竟像起死回生一樣，對生命又產生了無比的眷戀。

至於玉茹，她已認了命，也看清了，自己不過是個弱女子，她需要有個依靠，要有個男人在身邊，疼惜她，保護她。

擎宇離了婚以後，沒多久就跑到上海去，挑了一個又年輕又時髦的妻子回來。這上海女子為他生了一男一女，兩人似乎過得相安無事。他不曾跟玉茹聯絡，從來不要求看望兒子。似乎小明這男孩，在他心中根本不存在。

庭院設計的糾紛

已連續下了兩天的大雨，這天氣也怪得很，平日要看到一滴雨，都得盼上好幾個月。前兩天騎車到郊外去繞一圈，一路上放眼望去，滿山谷的野草，竟像成熟的麥浪，又長又黃，心裡不禁想著，如果我們住的地方是個永遠晴空萬里的天堂，那麼天堂的景象，也該是一片焦黃？沒有水，沒有雨，即使是天堂，大概也長不出野花，香草？

如今雨水一來，誰也擋不住了；日夜不停，下得天昏地暗。根據電視上的報導，我們這附近的山坡上就有山崩；那些架在山腰上的房子，那些高聳在雲霄的美洲杉，竟都連滾帶翻，隨著泥土與沙石給沖走了。這場雨，不知要沖走幾棟房子，奪走幾條人命？

我走到娛樂間，探進頭去，看到桑桑趴在地毯上，正聚精會神地看著電視上的兒童節目呢。他大概察覺到房門口有人影吧？於是轉過頭來，對我笑一笑，然後又重新看他的電視了。

這孩子，自從家裡發生事故以後，他就變了樣，以前蹦蹦跳跳的，一雙大眼睛，一閃一閃的，盡是調皮搗蛋的鬼主意。可是現在卻變成了啞巴，老是不說話，除非有急事，除非大喜大怒，否則整天都別想聽到他的聲音。前些天，媽接到他老師的信，說弟弟的成績一直往下滑，好像擋不住。上個禮拜，他竟還忘了參加期中考！媽媽氣壞了，就用掃把打他，好像他是垃圾一樣。還好他跑得快，從後門溜出去了。我不放心，就隨後出去找他，卻哪裡找得到？我急死了，一直等到半夜，才看到他偷偷地摸回家。我問他，到底躲到哪裡去了？是不是整天餓著肚子？他也不答，只將房門關起來，把我關在門外。我又氣又傷心，也不曉得怎麼辦。畢竟，他是我唯一的弟弟，我有責任看他長大成人。如果爸爸在家就好了，爸爸會照顧他的。可是爸爸被媽趕出門了，我們兄妹倆一個禮拜才能見到他一次面。

我們姐弟只好相依為命了，可是桑桑卻懶得理我，他整天活在自己的世界裡。如果山崩的泥濘沖進了我們的家，他大概就會大叫，「姐姐，救我的命呀！」如果真有那麼一天，山崩了，泥濘湧進來了，我該怎麼救弟弟？我該怎麼救自己這條小命？到頭來，我們姐弟倆大概只有閉著眼，任由那洶湧的水勢將我們捲走吧？會捲到哪裡去？是不是會葬身在山谷底下的那條溪流裡面？或者漂流到浩浩的太平洋去？若是我們的屍體有一天浮上來了，被撈上岸，也不知誰會來認領我們姐弟倆的屍體？爸爸嗎？或者是媽媽？如果兩人同時來認領，會不會又有一番爭執？孩子都死了，大概不會爭著要領回去埋葬吧？大概爸爸會來，他會抱著我們痛哭，然後伸出手，把我和弟弟散亂的頭髮都攏到耳後，就跟他以前在家的時候一樣？

唉，我怎麼神經兮兮的想到老遠去了？那崩潰的山坡離我家好遠呢，走半天的路大概都還走不到；只怕滿城都沖走了，那土石流還沖不到我家來。

我站在客廳的落地窗前，放眼望向窗外的庭院，那樹，那草，被雨水洗得晶瑩翠綠，只有那一排紅白相間的杜鵑花樹，落了一地的花瓣。是一片早春的雨景，充滿了生氣呀。這一片人工彫砌的庭院，確實很悅目，也很經得起風雨的侵襲。這該歸功於母親吧？可是每看到這一片庭院的景致，我的心口就一陣一陣的發緊，總禁不住回想到兩年前，我們剛搬進這棟新房子的光景。

剛搬進新房子，弟弟和我那麼興奮，整天樓上樓下跑了幾十遍！好漂亮豪華的房子！那座蜿蜒的樓梯就像一件雕塑家的藝術品，怎不令人贊嘆？它從進門的前廳一直延伸到二樓，使人想像著一個美麗的貴婦，穿著華麗的晚禮服，緩緩地走下樓梯，那麼戲劇化地出現在賓客面前！哎，媽就是這種人！

還有那寬廣的庭院！雖然長滿了野草，可是比起我們以前住了幾年的那棟小房子，那麼狹窄的院子，真有天地之別呢。媽說，等我們把庭院整理好了，我們的新家就會成為百萬富翁的大宅第！會引來多少妒忌，羨慕的眼光。爸爸笑了，他說，媽就喜歡炫耀，自認為是個高等華人！媽聽了很不高興，兩個大人為此還吵了一番。

桑桑也不管爸媽的爭鬧，只忙著佈置他自己的房間。他從小就喜歡軍機和坦克車，也不知從哪裡搜集到了世界各國的軍機和坦克的圖像，每一張的彩色都是那麼鮮明生動。他用圖釘一張一張地釘在他臥房的牆壁上，那原來蒼白光禿的四壁一下子被點綴得鮮活了，簡直像一個戰鬥機飛行員的居所。爸媽呢，他們每天下班回家，什麼都可以擱下，就只有裝潢這新居是他們最迫切的任務，最緊要的話題。爸說，先買個書架吧？幾箱的書都沒辦法拆開，沒地方擺。媽嘲笑地說，你呀，一房子的書，一肚子的墨汁，到頭來還不是只能當個博物館的副館長，那一點兒薪水，能做什麼用？我看還是先買客廳的沙發和桌椅吧？我那些同事一直吵著要來參觀我們的新居呢，我們總不能住進這麼漂亮的房子，外面看來是一座百萬豪宅，裡面卻像個乞丐寮吧？我們以前在舊房子所用的那些傢俱早都已經破破爛爛了，怎麼能再用？都扔掉算了！

爸爸當然捨不得扔，媽媽卻非扔不可，兩個大人像打太極拳，你來我往地爭執了好幾天，終於還是媽媽戰勝了。媽叫來了幾個搬運工人，只幾個小時的功夫，就把屋裡所有的傢俱都扔到路邊去了。好笑的是，當夜就有人悄悄地開車來，把那些舊傢俱都搬走了！爸說，妳看，妳不要的，別人還當寶貝呢！

畢竟媽把新房子看成命根子一樣，非得把房子裝扮得像剛出嫁的新娘！媽好興奮地說，「你等著瞧吧？我們家一定會很漂亮，很有氣派，會讓別人羨慕得要死。」爸說，「好吧，就看妳的。反正我也沒那種興致去買窗簾，看傢俱。可是女主內，男主外，妳一定要讓我設計庭院；外面栽花種草植樹的事，都跟妳不相干，都不要妳插手。」

我還記得，母親當時聽了父親如此聲明，真的呆住了，她從來很少讓步的，大概沒想到父親會跟她討價還價吧？隔了好一會，她才聳聳肩，有點不自在地閃著一絲的笑，說道，「好吧，栽花種草的事我沒興致，也沒時間去搞，所以你要怎麼設計都由你。可是你手腳要快一點，不要跟平日一樣，老是推脫拉，我可不答應。」

父親卻鄭重地抗議了。「這種事怎麼急得來？那些草木花樹種下了以後，就不容易移栽或砍掉，所以事先一定要好好的設計，免得五年、十年以後，園子裡草木橫生，雜亂無章，那時才後悔，才唉聲嘆氣，也太遲了。」

母親聽了，揮揮手，笑說，「好吧，就看你有沒有能耐了。」她爽朗的笑聲，如今仍飄蕩在我的耳際。

果然，沒隔幾天，爸爸不知從哪裡搬來了一個畫架，就在他書房的窗旁架起來了。媽眼裡閃著笑意。「喂，你這個慢郎中，倒也變得積極了。」

為了設計這個庭院，我跟在爸爸身邊，不知在房子的前後院繞了幾百遍——查看地勢的高低，建屋的正觀與側觀，早晚太陽光影的明暗。又挖了前後院的土壤，都包起來，送到土壤檢驗所去分析土壤的酸性與鹼性的成分。終於，那畫架上的白紙，有形像出現了；都只是些直線，橫線，斜線，互相交錯，我左看右看，卻看不出一點苗頭來。但是漸漸地，爸爸如此這般地，變魔術一樣的，那一幢房子的形體浮現出來了；這裡一叢低矮的灌木，那裡一棵高聳的大樹。我研究了好久，指著幾處不懂的圖型，「爸，這個圓圓的是什麼？」

「這是一座石頭砌成的小魚池，旁邊是個花圃。怎樣，莉莉，妳喜不喜歡？」

「哇，好漂亮！媽一定會很高興；等一下媽回來了，我們要不要請她上來看看？」

「妳媽今天又得加班，很晚才會回來，等明天再說吧？」

可是到了隔天晚上，當我請媽到閣樓爸爸的書房去看那張設計圖時，她卻不耐煩地說，「算了吧？他有的是時間，天天塗塗改改的，不曉得還要改多少遍！我累了，懶得爬到三樓去看。」

媽說的沒錯，爸有的是時間。他每天準時下班，回家後先脫下西裝，換上運動衣褲，然後帶我們姐弟出門。我們父子三個，騎著腳踏車到處跑，到處逛，鄰居都笑著跟我們打招呼。騎完車回到家，爸就開始做晚飯。他喜歡炊炊煮煮的，他的廚藝是一流的。媽呢，她才懶得下廚。

其實也不能怪媽不下廚，不肯花時間看爸設計的藍圖，因為她總是忙，媽的工作時間和一般人不一樣，她每天都早出晚歸，有做不完的新方案。爸說，在套利基金（hedge fund）市場工作的人都要有餓狼般的胃口，要有鐵打的身體，也要有用不完的精力。他又說，「這種工作很適合妳媽，她生來就是個女豪傑，野心勃勃，精力充沛，在她底下工作的職員就是聽任她指揮的狼群。」

我夜來無事，就跑到爸爸閣樓的書房去，跟著他研究一本本的書籍、畫冊，有的是西洋書，有的是日本書。我好羨慕爸的本領，他畫什麼像什麼。記得弟弟剛上幼稚園的時候，每天回到家就纏著我教他畫圖。我咬著唇，用十分的心神，想好好地畫，可是我不管畫什麼，就不像什麼。爸爸的那一手真功夫，並沒有傳給我。

我每天看到爸拿著筆，隨便勾幾勾，於是一座房子，一棵樹，就呈現出來了，真讓人羨慕。我想，在那一段日子裡，爸一定希望我開口，要他教我怎麼畫畫，怎麼設計吧？可惜我錯過了良機。如今，多久才能見到爸爸一面？我向他學畫的意願，不可能實現了。

可是那一幅幅庭院設計圖，真不知費了爸爸多少的心思？他把前院畫好了，接著便是畫後院。是怎樣的一座後院！那設計圖上有一條鵝卵石鋪成的小溪，有一座跨在溪上的拱形小木橋，橋邊一座涼亭，遠處有個小小的山丘，山丘上要種植花樹。爸問我，「妳喜歡什麼花？我們該種櫻花呢，還是山茱萸？或是紫色的木蘭花？」

我毫不猶豫地說，「山茱萸！」

爸點點頭。「就種山茱萸！」

可是想歸想，畫歸畫，從夏到秋，從秋到冬，爸不曉得丟棄了幾十張的設計圖；他總是一改再改，渴求著把心中的夢境映現在圖上吧？可是他也真細心，連我都有點著急了。爸說，「妳跟妳媽一樣，就是沉不住氣！」

直到隔年的早春，爸的那疊設計圖終於完工了！接著，便是請石匠堆砌院牆，塑造石椅，石凳；還要請木工建造木橋與涼亭。怎知，就在這時，爸卻出國了，他必須參加一個國際會議。就在他走的那一天，天氣突然變了，一陣陣的豪雨日夜不停的傾盆而下，將屋前屋後的空地都變成了沼澤，變成了湖泊。弟弟溼粘的腳印，把院子裡滿地的泥濘都帶進屋裡來了，那剛鋪好的米色地毯都沾滿了灰黃色的鞋印。母親回到家，一看到滿地的泥濘，她那雙眼睛都暴突了出來，開始大吼大罵，把弟弟抓起來，用掃把的柄狠狠地打他。弟弟淚光閃閃，直望著我，要我救他。我只好擋在他前面，代他承受那棍棒了。媽也真狠，她看到我的手腳都紅腫了，卻不肯停下手。她長得那麼壯，力氣那麼大，卻把我看成布做的洋娃娃吧？都不覺心疼？

媽一邊打，一邊咬著牙，不住地罵，「昏庸低能的蠢物！像一隻蝸牛！愚蠢！」

我知道，媽不是罵弟弟，也不是罵我，她罵的是爸爸。

當晚，媽打了好幾通電話。隔天，就有好多工人上門來了；於是鋪草皮的鋪草皮，挖土的挖土，鋪磚的鋪磚，墊石板的墊石板，種花的種花，栽樹的栽樹，如此折騰了一個星期，才收工離去。媽說，花了十多萬塊錢，終於把屋前屋後的泥潭變成了花紅柳綠的院落。她真是滿心的得意，滿眼的喜悅。她一再地說，做事要爽快，要速戰速決。

可憐的爸爸，他出門才幾天？回到家來，家已變了樣。他灰著臉，一句話不說，就衝上閣樓，把他書房裡的那些設計圖全捧下來，然後一張一張，把它們撕裂成千百塊碎片，都丟到媽的臉上。

「妳這女人也真霸道！從來就不把我當一回事！」

媽呆住了，臉也變得灰白；一向能言善道的她，竟然站在那裡，一時間竟說不出話來。然後她厲聲地說，「你是什麼意思？你忘了嗎？這房子是用我的錢買的，是我的財產！你算什麼，竟敢侮辱我！」

「妳就是霸道，不管什麼事都得依照妳的意思去做，不然不會甘休。」

他們倆一直大聲叫罵，弟弟嚇得躲在角落裡哭泣，我忙拉著他上樓；姐弟倆在臥房裡靜悄悄的，連喘氣都不敢。我心裡有點害怕，有點擔憂，不曉得爸媽什麼時候才會和解，才會安靜下來。

我以為那場庭院設計的糾紛終究會煙消雲散的，怎料，他們的戰火一直持續著，我和弟弟每晚都躲在樓上，一邊聽著，心裡交戰著，到底爸媽兩個，誰對誰錯？說句老實話，我家的庭院確實很美觀；可是反過來說，爸爸心中的景致，那羊腸小道，那淙淙的流泉，那小橋，那涼亭，那風韻極致的山茱萸，都成了一場空夢。

到底，爸還是輸了。媽看不慣他，逼他搬出去。他只好一個人住在鄰鎮的一間小公寓裡。從此，我們一個家分裂成兩個家。

***

外面簌簌的雨聲，沒有休止，滿街的水無處宣洩，都淹到庭院裡了。街上沒有行人，沒有車輛的往來，好像這個世界都因為一場雨而停頓了下來。

爸已經下班，從他的住處打電話過來了。我聽得出他聲調裡的憂慮，他總是放心不下，怕弟弟跑出去玩，出了意外，怕地下室淹水，怕我們被困在家裡，餓了沒東西吃……。

我請他放心。「爸，我們不會餓死的，我已經烤了一塊披薩餅，弟弟很喜歡吃呢。倒是你，只有一個人，每餐都吃些什麼呢？是不是夠營養？」

「我還好，倒是妳跟弟弟，怎麼辦？妳媽又不下廚，你們天天都吃餐館的菜，是不是？那實在很不健康。」

「我們能吃飽就很幸運了，哪裡還注重什麼營養？不過媽偶爾也會烤牛排或豬排給我們吃。」

爸又問我，「妳媽還沒回來嗎？」

「她剛剛打電話回來了，說是還要開會，大概很晚才會回家。」

媽回到家時，果然已經很晚了，她一身的雨水，頭髮都黏在額頭，臉頰上，使她看起來比平日更加的憔悴了。她雖然搽了口紅，卻仍掩不住一臉的疲累。她到弟弟臥房裡走一遭，看到他已熟睡，就下樓來了。

她問我，今天有沒有什麼事，我說，爸爸打電話回來了。

「他有什麼事？」

我說，沒什麼事，他只是不放心我們姐弟倆。

媽癟著嘴，不屑地說，「那人就是那麼婆婆媽媽的，提不起放不下。」

我很鄭重地對媽說，「爸爸打電話來是因為他真的關心我和弟弟，他怕我們淋到雨，會著涼，也怕我們只吃零食，不肯好好吃飯。媽，他也很關心妳。」

媽狠狠地盯了我一眼，就轉身往樓上走；她走到樓梯頭，我叫住她。

「媽，我想帶弟弟搬到爸那裡去住。」

「妳說什麼？妳瘋了嗎？我怎麼可能讓他搶走我的孩子？他今天對妳說了什麼？要妳離家出走？」

「不是的，他什麼也沒說，只問我吃了飯沒有？只問妳回來了沒有。我只是想，我和弟弟跟他住一起比較好，他可以照顧我們，我們也可以跟他作伴；我只是這麼想而已。」

「妳不曉得這是違法的嗎？你們去他那裡住，我可以告他綁架我的孩子！」

「媽，妳不能告他，這是我自己的意願；難道法庭也會判我有罪嗎？」

「妳才幾歲？十三歲吧？是什麼時候變成了叛逆？」

「我不是叛逆，我有兩個家，我只想搬到另一個家，就是這樣。」

媽站在那裡，打量了我好久。「妳別做夢了，這是妳的家，妳就得乖乖地留在這裡。」

媽轉過身，繼續往樓上走。我望著她的背影，心裡這麼想，我愛我的母親，因為她是我的母親；可是我實在不喜歡這個女人，她使我的父親，使我和弟弟都那麼不快樂。

夕陽無限好

◎三月五日

自從去年年底退休以來，已經三個月了。今天吃過早飯以後，洗了臉，刷了牙，再也沒事幹了。心裡不免發慌，一天那麼漫長，怎麼度過？自覺像一座停擺的鐘，齒輪已經不再轉動，什麼都停頓了。想想，真不該那麼早退休的；明明精力還那麼充沛，卻整天沒事幹，簡直跟困獸一樣。

實在不曉得怎麼打發每一天的日子，只好隨手在老妻的書架上挑了一本書，懶懶的坐在沙發上開始看。可是不知怎的，心神就是無法集中，頭腦空空的，不知不覺就睡著了。

老妻向我建議，怎麼不寫寫日記？我說，有什麼好寫的？整天什麼事都沒做。她說，也不一定像寫報告一樣，把所做的事都寫下來。其實，凡是想到什麼，聽到什麼，看到什麼，樣樣都可以記下來。

所以我今天就去買了一本日記簿，要好好開始我的寫作生涯。

好笑的是，老妻的日記本一直明擺在她的書桌上，好像邀我打開來看。可恨的是，她平時寫的字秀麗工整，可是日記裡的字跡卻那麼潦草，像天書一樣，我一個字也看不懂，完全猜不透她寫了些什麼。她是不是有意跟我搗蛋，向我挑戰？難道她知道我會偷看？

◎三月二十日

今天是我六十歲的生日。記得剛結婚時，老妻蠻把我的生日當一回事，又是蛋糕，又是豬腳。可是曾幾何時，這些東西都吃不到了，都說怕我變胖！今天中午我們挑了一家西班牙的餐館，吃了一盤又一盤的小點心，就算是給我的慶生宴。哎，畢竟在一起過了三十多年，如今還有什麼稀奇？有什麼值得珍惜的？

前些天老妻向我推薦了一本書。她說，「這本書蠻有意思的，裡面的男主角也是剛退休下來，你跟他比比看，誰的日子比較好過。」

原來那是一本翻譯書，書名叫《孤舟》。我看完以後，覺得那個日本男人怪可憐的，雖然身邊有個老婆，但他把自己看成一葉孤舟，在人生的大海中獨自沉浮。我捫心自問，我的日子絕對沒他那麼淒慘，我和老妻兩個划著這艘小舟，雖然有時她要向東，我要向西；有時她要轉回頭，我要往前走，但我們畢竟還是划過來了，如今已駛進了避風港，未來的日子該是風平浪靜吧？

◎三月二十二日

說到老妻，我每天三餐跟她面對而坐，久而久之，都視而不見了。今天吃晚飯時，不經意擡起頭瞥了她一眼，不禁嚇了一跳，曾幾何時她變得這麼老？頭上有灰髮，眼角有蜘蛛網。想當年，她該不是這副模樣吧？仔細回想，自己怎麼會跟她結婚呢？她呀，既不漂亮，又不溫柔。

我不禁好奇地問她，「如果妳當年沒嫁給我，不曉得妳會嫁給什麼樣的人呢？」

妻子笑了。「你是說，如果我沒嫁給你，大概就成了老處女，對不對？」

我嚇了一跳，她怎麼猜到了？難道她看破了我的心思不成？

她接著說，「其實我還是嫁得出去的。隨便嫁個殺豬的或牽牛的，總可以？」

怎麼啦？她不但自貶身價，還拿我跟殺豬、牽牛的男人相提並論，真是豈有此理。

記得婚後第一次回鄉，母親初次見到媳婦就對她說，「我娶媳婦呀，不在乎她的長相平凡，也不在乎她家沒錢，只要她懂得怎麼照顧我的兒子就好。」

我的妻子當時就回答道，「是呀，我媽也對我說，她挑女婿，不管長相多平凡，也不在乎家裡多寒酸，只要他肯好好對待女兒就好。」

可以說，我的糟糠妻既不漂亮也不溫柔，有時還得理不讓人，很難招架。我跟她比，為人真是寬厚多了，可以說，宰相肚裡可撐船。我的人生哲學是，退一步，海闊天空；忍一時，風平浪靜。

我的老妻聽我這麼說，免不了又要嘲譏一番了。她說，「你這是借來的人生哲學，掛在嘴上自我標榜罷了；別人不會相信你真的那麼寬宏大量。」

她真的沒有一絲絲的幽默感，跟這種人說話實在是浪費口舌，乏味得很。

◎三月三十日

我每天閑來無事，不是待在家看電視，就是去健身房練練身體，然後就等著吃三餐，真是無聊透頂。老妻邀我一起去散步，我卻抵死不肯；她邀我去博物館、音樂會，我都拒絕了。她說，人需要精神食糧，我說呀，那完全是好高騖遠，附庸風雅的活動，只是浪費時間，浪費金錢。有時呀，真覺得老妻很煩人，她不懂得察言觀色，常要我做不想做的事，說我不想聽的話。

前幾天在健身房碰到小林，他比我大了幾歲，早在三年前就退休了。我好奇的問他，到底他是怎麼打發那漫漫的長日？他就建議我也去參加鎮公所的老人中心，那裡有很多節目，可以去試試看，於是我今早就去了。原來那個老人中心聚集了一大群退休的男女，有一些印度男人在打橋牌，一群印度女人，從家裡帶了些印度點心，把老人中心當成了她們家的客廳，整天泡在那裡，聊天說笑。另外有一群男女，大概二十幾個吧？他們組成了一個撞球俱樂部，每天都到活動中心去撞球，如此，不但可以打發時間，也增加了生活的樂趣。我看他們玩的很開心，大家有說有笑的，讓人好羨慕，原來小林也是那個俱樂部的成員，所以我當場就報名參加了。小林說，他們平日在老人中心抓對兒比賽，偶爾還會出征，或者邀請外鎮的撞球俱樂部來競賽；無非趁這種機會彼此交誼，藉此散散心，大家熱鬧一番。

說到撞球這玩意，我在大學時代就精通了。想當年，課可以不用去上，但撞球是第一要緊的必修課，我每天不知花了多少時間在撞球間呢！每天如此勤練，當然提起球杆就能得心應手了。可惜自從出國以後，把這拿手的玩意都給荒廢了。幾十年已過去，如今重新提起球杆，不免有些生疏感。但我相信，只要每天勤練，一定很快就會恢復年輕時代的水準。

◎四月二日

想不到，今天從撞球俱樂部回到家，老妻竟遞給我一個長長的紙盒，要我打開來看。原來是一根撞球杆！還是最名貴的牌子！我知道老妻喜歡買好東西，可是她竟肯花那麼多錢買這玩意，實在讓我很感動。畢竟是老夫老妻，她摸透了我的心。

◎四月七日

我們每次回台灣，總要順路去日本逛一逛，這次老妻早就在成田山預定了兩晚的旅館。她特別喜歡這個小鎮的風光；那狹窄，潔淨而曲折的古老街道，那琳琅滿目的禮品店、糕餅店，那一連串的小吃店與零食攤，都使她興高采烈，像小孩子一樣。

今早我們路過一家傘店，老妻就轉了進去，我百無聊賴地在店門外等。過了好一會，只見她拿了一把傘走過來了。

她很興奮地說，「你看這把油紙傘！收起來的時候，可以依稀看到傘面點綴著桃紅色的花苞，可是打開來一看，竟然全部變成了盛開的的櫻花！這不是變魔術一樣嗎？真是不可思議！」

她既然看中了那把花傘，當然非買下來不可了。我本來也不在意，可是一看那價格，差一點就昏倒，竟然要日幣兩萬塊！那不是等於美金兩百塊錢嗎？我一下子火氣大了，硬要拖她離開，她硬是不肯移步。我不免大聲了，「真是太離譜了！我們家已經有多少把傘，妳還買？而且這是一把油紙傘，只能當玩具吧？根本沒有一點用途！」

「可是你看，它有多美，多別致，是藝術品呢，不買下來的話我會後悔的。」

「我說不要買，妳聽到沒有？」

她不理會，就拿了那把傘要去付錢。

「哼，妳就會亂買東西！妳一個老女人，還撐著那麼花俏的傘，未免太顯眼了吧？一點都不相稱！」

她聽我這麼說，當場愣在那裡。後來她默默地將那把傘放了回去，然後跟在我後頭，向新勝寺走去。

現在回想起來，真有點後悔自己說了那麼令她難堪的話。老實說，看她那副垂頭喪氣的模樣，我也有點於心不忍。可是當時我實在氣不過，人說，怒從心頭起，惡向膽邊生！大概這趟日本之行，在她心中只會留下灰暗的記憶吧？

◎四月三十日

自從參加了撞球俱樂部以後，我每天都去老人活動中心摩拳擦掌勤練。這一個月以來，技藝真的進步了很多，雖然不敢說每次比賽必定會贏，但是勝算的比例很大。

想不到今天的這一場內部比賽，雖然打得很順手，可是不知怎的，在決賽時竟然輸給了「黛安」！小林在一旁很拼命的為我加油，如今看我輸給了她，不免有話說了。

「你知道嗎？那個洋女人用的是美人計。她一邊撞球，一邊跟你打情罵俏，你被迷得昏頭昏腦的，哪裡還記得怎麼做球？怎麼把球打進洞？你這老糊塗，心沒定向，只好輸給她了。」

我心想，好男不與女鬥，輸就輸，有什麼了不起？黛安不是說了嗎？她說，跟我撞球有趣得很！其實我也有同感呢。每次看到她，我的精神就來了，心情就好了。她呀，那眉宇之間有一種天然的媚態，使人想多看她一眼。有時天下著雨，可是看到她，就好像外面出了太陽。還有她的聲音，那麼有磁性，甜甜膩膩的，似乎要把你裹在蜂蜜裡。我想，和她過日子一定很愉快吧？她的丈夫是個很幸運的男人。

回到家，老妻問我，「今天贏了嗎？」

「輸了。」

「輸給誰？」

「一個叫黛安的洋女人。」

「她一定長得很好看？」

「怎麼啦？她好不好看跟我輸給了她有什麼相干？」

「她拋一下媚眼，你的心就蹦蹦跳了，球杆就抓不牢了。」

「妳不是吃醋吧？那真是稀罕呀。」

「吃醋嗎？很難呢？年輕的時候，我不懂得吃醋。現在呢，我懂得吃醋了，可是我已經沒有吃醋的必要了。」

沒吃醋的必要？她到底在說什麼呀？哼，大概是嘲弄我老了，沒有人會看上我了吧？

◎五月一日

今天有個正式的晚會，我看老妻穿了一件低領的洋裝，胸前空空的，也沒個裝飾。

「妳怎麼不戴個項鏈什麼的，一定好看多了。」

「我不喜歡戴首飾，多累贅。」

我也不再堅持，反正多說也沒用。記得剛結婚時，我在紐約的華爾街附近上班，每天下午吃過飯以後，就在附近的街道逛逛。有一天，我看到有個下江人在街角擺了一個地攤，賣首飾。我看那形形色色，花樣新奇的飾物，真是眼花繚亂。那小販看我對一串珍珠項鏈有興趣，就開口招呼了。

「先生，要不要買條項鏈送給女朋友？她一定會很喜歡的。」

「多少錢？」

「只要十塊錢。」

我想，十塊錢，一點都不貴，我還付得起，於是就買下來了。當晚，我獻寶似的遞給了妻子；她瞥了一眼，抿嘴笑了。

「你在哪裡買的？」
「就在公司附近。」
「多少錢？」
「十塊錢。」
「很便宜。」
「戴戴看吧？」
「你大概不知道，我是不戴首飾的，你以後不必買了。」
那是多少年前的事了？果然這三十多年來，她從沒穿戴過珠寶。我看別的太太不是耳環，就是項鏈；不是鑽戒，就是手鐲，都那麼珠光寶氣的，不知增添了多少的嫵媚？唯獨老妻硬著牙，不理這一套，說不戴就不戴。至於我多年前買給她的那串假珍珠項鏈，到底丟到哪裡去了？我連問都懶得問。
到底她是真的不喜歡穿珠戴銀，還是嫌我太小氣，不肯買真的珠寶送她？不管如何，她這一輩子都不戴首飾最好，省了我多少錢，免了我多少的頭疼。

◎六月一日

今天是週末，我們幾對老朋友聚餐，飯後大家提議要打橋牌，我聽了，興致勃勃，當然也加入一腳。橋牌這玩意也是我的最愛，從大學時代就上了癮。如今老了，人家都說打橋牌能夠活動腦筋，減低患上癡呆症的毛病，所以有機會打牌的話，我從來就不會錯過。我一直鼓勵老妻也加入，但她說不打就不打，即使三缺一，她也寧可坐在旁邊看報紙。我心裡有氣，回到家就埋怨她不合群，不肯妥協的彆扭脾氣。

「我實在不喜歡打橋牌，覺得那種紙牌戲好無聊，你這樣硬要我玩，實在沒什麼意思，我就是不想花腦筋。」

她這人就是有點莫名奇妙，只能說，她從來就我行我素，還喜歡跟我唱反調，我要向東，她就要往西，一直就是如此。

她不肯用腦筋，那是不可否認的事實。記得有一次在朋友家，大伙兒都想學打麻將。於是都興致勃勃圍坐在飯桌上，專心想學，只有我的老婆卻一直打哈欠，差一點就趴在桌上睡著了。跟她這種人過日子，簡直好比喝白開水，沒一點滋味！

◎六月十日

今天是老妻的生日，早上起床，我想好好巴結她，可是該做什麼好？煮一壺香噴噴的咖啡，煎兩個蛋，烤一個杏仁牛角包，端到她床邊，讓她驚喜一番！

可是走到廚房，翻遍了櫥櫃，卻怎麼也找不到咖啡豆。奇怪了，平日看她這邊摸摸，那邊摸摸，不到幾分鐘就有早餐吃了。可惜我一向只會吃，不會做，從來就沒碰過鍋鑊，沒動過灶。如今從何做起？

記得婚後才一年，妻子就生下了老大。那時她產後有併發症，在醫院住了十天才出院。當天晚上，我把她和小娃娃接回家，然後忙把準備好的晚餐端了出來。那是我花了半天的時間才做好的飯菜。怎知，妻子卻只吃了兩口就停箸。我問她為什麼不多吃，她說沒胃口。其實我也知道自己的廚藝實在不怎麼高明，但是她也該給點面子，多吃幾口吧？可是她只說吃不下，就回房去睡了。

從那次以後，我拒絕再下廚，都覺得她既然不給面子，不能體會我的苦心，那麼我也不必費心機去討好她。如今，多少年已過去？我即使想表現一下自己的真心誠意，也無能為力了。

◎七月十日

今天撞球俱樂部要到外鎮去出征，我們都一窩蜂的擠上了小巴士。碰巧黛安的旁邊有個空位子，我就順理成章的坐到她身旁了。她身上大概灑了香水吧？只覺一縷清香，似有似無地飄過來，真有讓人心曠神怡的感受。我想讚美她，卻又覺得太唐突，所以只向她笑了一下。

「你以前住在哪裡？怎麼最近才遇到你。」她問我。

「我一直住在S鎮，在同一棟房子已經住了三十多年。還沒有退休以前，我每天都得坐火車去紐約上班，早出晚歸。現在終於有時間到老人活動中心走動，也才有機會認識妳，如今還坐在妳身邊。」

她咯咯地笑了。「你說話好甜，懂得討好女人；我很欣賞你這麼直爽，想什麼說什麼。」

「其實我並不是對所有的女人都這麼想討好。」

「原來是這樣。我倒想聽聽看，你為什麼想討好我。」

「因為妳長得漂亮，聲音甜美，也因為妳很容易相處，整天笑嘻嘻的，和妳在一起很舒坦。」

她笑著謝了我的恭維，然後又問，我家裡有什麼人。

「我們剛搬來時，一家四口，後來孩子大學畢業以後，都搬到城裡去上班了，現在就剩下我和老婆兩個。」

「哦，怎麼一直都沒見過你太太？」

「她不喜歡出門，整天待在家。我們各有喜好，各走各的路。」

「這麼賢淑的妻子！你回到家有飯吃，有人陪你談天說笑。」

「算了吧？一個糟糠妻就像一雙舊拖鞋，看了礙眼，穿了不舒服，要丟吧，又覺得可惜。」

她笑了。「你很缺德。」

「我說的是真話。」

然後輪到我問她。

「我怎麼也都沒見過妳先生？」

「他已經不在了。」

我嚇了一跳，忙問她。「妳是什麼意思？」

「他已經在兩年前離開了人世，是車禍。」

「喔，真抱歉，不該提及惹妳傷心的事；不過我真沒想到妳有這麼痛苦的遭遇。」

「大概因為我不像個寡婦吧？人死了再也不會復活，我要是整天都愁眉苦臉的，有什麼用？那不是跟自己過不去嗎？」

我有點尷尬了。「我每次看到妳都是笑臉迎人的，所以沒有料到妳形單影隻。」

「我本來嫁到密西根去，在那裡住了將近三十年，我丈夫過世以後，我一個人孤苦伶仃的，我媽就勸我搬回家鄉來了，現在我們母女雖然不住一起，卻是鄰居，每天都會見面，聊聊天。」

「原來如此。以後如果有需要幫忙的地方，請不要客氣，跟我說一聲就是。」

「好呀，我會記住的。」

過了一會兒，她又問我。「你太太一定長得很漂亮？」

「妳怎麼會以為她長得漂亮呢？」

她又咯咯地笑了。「因為你是個帥哥呀，找的一定是個跟你匹配的對象吧？」

我一聽，高興得嘴都合不攏來，心跳也加快了。「謝謝妳的稱讚，哪一天真要好好請妳吃頓飯。不過妳的猜測錯了，我的妻子長得很平凡。」

「我不信！你這麼說，我更想認識她了。」

我們倆一路談笑風生，饒有情趣，一個鐘頭的時間就這麼飛也似的過去了。

如今坐在書桌前寫日記，我又想起了今天乘坐小巴士時與黛安的對話。到底她的丈夫是什麼樣的男人？是不是很英俊？是不是在事業上很成功？哎，算了吧？何必對一個已經死去的人這麼好奇，心存妒忌？實在可笑之至。

想著明天又可以看到她，我全身都熱了起來。明天，多麼期待它的到來！

◎七月十六日

女兒送了我們兩張洋基隊的票，其實我一點都不想去看，可是既然有入場券，不用也太浪費了，不得已今天只好走一趟紐約了。

原來今天洋基隊的投手是那個名叫田中的日本人。他的表現並不怎麼出色，不過算他運氣好，靠了隊友的努力才贏了那場球賽。在回家的途中，老妻說，「說到男人呀，最可惡的還是日本男人，他們那種大男人主義的觀念實在是根深蒂固，只注重他個人的自由跟需求，下班後隨便去酒吧消費，半夜三更才回家，而且一過了中年就厭倦了糟糠妻，就搞外遇，找刺激。他們實在太自私了，哪裡理會妻子每天的生活有多無聊寂寞？所以搞得家裡沒有一點溫暖，夫妻也成了陌路。」

我聽了，有點不自在，不曉得老妻是不是在暗諷我近來的行徑？她大概也看得出來，我每天泡在撞球俱樂部的時間越來越長？

我決定以攻為守，「妳小說看的太多了，把故事裡的情節看成現實生活的寫照了，還胡亂批評，把男人都看成了不可靠的惡棍。」

「不管你怎麼說，男人到了中年就開始恐慌，怕失去大男人的氣概，所以要想辦法證明自己還沒有老，還有魅力。真是無可救藥！」

哎，這樣的思想，這樣的論調，這樣的妻子！

◎七月二十日

我們今天要舉行俱樂部的內部比賽，先是選出兩個隊長，然後由隊長輪流挑選自己的隊員。我被指定為隊長之一，也就是說，我必須從眾人裡面挑選我的團隊。可是該選誰呢？簡單的很，我們都要搶先挑那幾個高段的球員，如此才能確保自己的團隊會贏。我躊躇半天，手心都滲汗了，終於才選出了我的隊員。

比賽完了，我這一隊贏了，正得意呢，戴安卻走過來了。她聲音帶著哀怨地說，「你剛才怎麼沒有挑我？我以為你一定會挑我加入你的團隊！」

我無可奈何地笑了。「我何嘗不想挑妳？可是眾目睽睽之下，我如果挑了妳，只怕會有人在背後說閑話。」

她狠狠地丟了我一句話，「哼！以後真的不理你了。」她的聲調那麼哀怨，那麼柔腸寸斷的誘人！叫我怎麼吃得消？

◎八月一日

我天天去撞球，黛安也每天都報到。休息時，她會幫我泡咖啡，有時是我替她服務。我們一邊撞球，一邊談天說笑。可是每次和她比賽，我從來沒贏過，那不是很奇怪嗎？其實全因她耍賴，總是用甜膩的話語招惹我，使我心神恍惚！

今天，我們參加了對外的比賽，回到家時已經是過午的時分了，於是我向她提議，「要不要去餐館？我一直就想請妳吃頓飯。」

「你不回家吃嗎？你太太不是在等你回去？」

「她才不管呢，我不回去，她省得麻煩。」

就這樣，我們結伴到外面吃了一頓中飯。

◎八月七日

今天一大早就到了撞球俱樂部，怎料找了半天都沒看到黛安，我不禁有點心神不寧，想像著，她是不是家裡發生了什麼事，或者身體不舒服？打手機給她，也沒有人接。

我心不在焉地跟小林打了一場球，想不到竟輸了！我很不服氣，本來還想跟他拼一場的，卻在這時瞥見了黛安的身影，我一顆心猛跳了起來！她終於來了！正在泡咖啡呢，我忙收起球杆，快步走了過去。沒料到小林也跟了過來，還擠坐在我和黛安的中間！他對黛安灌迷湯，「妳今天這件洋裝好漂亮！多合身呀！簡直像個模特兒！」

聽小林這麼說，我也仔細地端詳她一番。雖說她已失去了青春的氣息，但她的容貌依然秀麗，身材也還很苗條，不像大多數的洋女人，一上了年紀就變得臃腫肥胖，讓人不忍卒睹。但今天她身上的那件緊身洋裝，最惹人注目的是胸口袒裎，讓人直吞口水，令人迷醉。為什麼她今天會有這一身的打扮？是為了誰梳妝？難道是為了我？有這個可能嗎？

小林挪了挪椅子，緊靠到黛安的身邊，還別過頭去，細聲地在她耳邊說著話，我雖然豎起耳朵，卻聽不清。只見黛安突地站起身，往外面走去，只說要去散散心，呼吸新鮮空氣。小林望著我，然後搖頭說，「你和她好親熱，天天在一起。」

我聽了，不禁嚇了一跳；只得假裝不在乎，聳聳肩說道，「都是老頭子老太婆了，還怕人家說閑話嗎？」

我這麼說，就堵住了小林的口。其實呀，對異性心生愛慕，才是生命的泉源，不是嗎？若是只因年紀大了些，就對異性失去了興趣，那麼活著還有什麼意思？

我等了好一陣子，看黛安還不回來，於是就出去找她，原來她坐在樹蔭下乘涼。我問她為什麼突然失蹤了，她撇撇嘴，用不屑的口氣說，「小林這人好囉嗦，我懶得跟他磨纏！」

「哎，我剛才還擔心呢，以為妳嫌棄我了。」

她嗤嗤地笑了起來。「我怎麼會嫌棄你呢？你真會說笑！」

◎八月十二日

今天吃晚飯的時候，老妻突然說，「看你那麼喜歡撞球，我也想學呢。」我嚇了一跳。她也要參加撞球俱樂部？那怎麼行？可是我總不能阻止她，只好勉強地笑說，「好呀，妳來，我教妳。」

她打量了我一下，笑了。「騙你的，我怎麼會自討沒趣，去攪你的局？」我舒了一口氣；可是想一想，又有點不安了。

◎八月二十一日

我們到海邊度假，每天在海浪裡漂浮，看著藍天，看著海平線；這是我們每年夏天的活動。可是今年不同了，為什麼我一直無法定下心來，好好享受那夏日的海灘？因為我一日不見黛安，真是如隔三秋呀。每想起黛安的模樣，還有她的笑語，我就覺得全身發熱，坐立不安。

幸好今天假期就結束了，明天又可以回到撞球俱樂部去了。睽違了一個禮拜，不知黛安過得怎麼樣了？是不是變胖了，或是變瘦了？

哎，若是能夠跟黛安去海邊逐浪，該有多麼寫意！

◎九月三十日

昨天又進紐約，心裡真是不甘不願，只覺浪費時間。我寧可到撞球俱樂部去，跟黛安聊天說笑。

昨晚去了林肯中心，聽歌劇！真累人，簡直是一種折磨。這些年來，一直都是女兒陪她老媽去的，但是這幾天女兒患了重感冒，無法出門。怎麼辦？門票早都買了，不去可惜，不得已只好由我頂替女兒走這一趟了。我看票根上標明的價格，真是嚇了一大跳！原來一張要兩百五十塊錢；那麼兩張票就要五百塊了？我的天呀，原來老妻都是這麼花錢的。

我一邊聽，一邊偷眼看著老妻的表情，她那麼投入，完全被舞台上演唱的劇情迷住了。至於我，怎麼說才好呢？我承認大都會劇場的確很壯觀，很堂皇，讓人有踏進高等社會的幻覺。可是等歌劇開始演出，我就坐不住了。先不說故事情節太荒唐，太老套，連那一串的歌唱也讓人覺得是疲勞轟炸。那唱不完的歌太高亢，吵吵嚷嚷的，也不懂他們在唱什麼！實在讓人如坐針氈。

在回家的途中，我問老妻，「妳怎麼會喜歡聽歌劇呢？我們小時候根本沒有機會接觸到這種西洋的玩意兒。」

老妻想了一陣子才說，「其實我上中學的時候就喜歡聽歌劇的唱片了，等我有機會去歌劇院，這才悟解到，那舞台的佈景，那燈光的變幻，那劇裝，那管弦樂團的演奏，那歌聲，那台上氣氛的緊張，那情感的震撼，直把我吸引到另一個世界，另一個時代，我都忘了自己身在何處了；歌劇就有這樣的魅力。」

她的這番話，我實在不敢苟同。我們夫妻倆都已經在一起生活了三十多個寒暑，可是我們的喜好完全不同，對許多事物的觀點完全不一樣。我們當年怎麼會結婚呢？現在只能嘆息！

◎十月一日

今早我們的撞球俱樂部又有節目，是外鎮的人來挑戰。黛安一看到我，就有點哀怨地說，「你昨天怎麼沒來？我做了一盤點心，你都沒吃到。」

「對不起，都是我那老婆，她硬把我拖到林肯中心去聽了一場歌劇，真是無聊透頂。好長的一齣劇，搞了三個多鐘頭，完全是疲勞轟炸。妳也看過歌劇吧？妳們女人就喜歡那種纏纏綿綿的故事，哀哀怨怨的歌聲！」

黛安睜大了眼睛看著我，「你以為我是個富婆呀？我這輩子連林肯中心在哪裡都不知道，更甭提買門票進去聽歌劇了。」

我有點不好意思了。「還是不要去的好，真是累死人了。」

她又問。「票價一定很貴吧？」

「我那張票要兩百五十塊錢。」

「我的天，那簡直是天文數字呢！你們怎麼那麼有錢！」

「又不是我想去，是我太太買的票。」

黛安嘆了一口氣，苦笑地說，「你沒事跑到大都會歌劇院去欣賞歌劇，回來還埋怨！我呢，為了籌錢修理我的車子，真是絞盡了腦汁。這樣的世界，也算公平嗎？」

「妳說什麼呀？要修理車子？妳的車子怎麼啦？」

「自從我丈去世以後，我就一直沒有修護我那部老車子，一來是我不懂車子的性能，二來是沒那種閑錢去做汽車修護的工作，反正是一天拖過一天。可是最近我發覺，每次車子要轉彎，或者踩剎車的時候，就會發出怪聲響，我知道車子一定出了問題，心裡怕怕的。昨天終於去維修店，想問他們到底要多少錢。他們說，至少要一千塊錢！那麼貴！所以我也沒讓修理就把車子開回來了。」

我聽了，真不信自己的耳朵，我做夢都沒想到黛安必須面臨這樣的困境。難道說，她的丈夫都沒留下什麼遺產或儲蓄，就這麼一命嗚呼了？

「黛安，別擔心，我會替妳想辦法的。我們這就把車子開到維修店去，請他們把車子修好。不然，妳今後開車實在太危險。」

於是我開我的車，她開她的，就這麼去了；那裡的機械師說，明天下午就可以修好。

◎十月二日

今天黛安和我都沒有心情撞球，匆匆在路邊的麥當勞吃了午餐以後，就由我開了車，帶她一塊兒去維修店。原來她那一部雪佛萊已經有十幾年的車齡了，如今不管是引擎、剎車盤或剎車片，都有點走了樣，都需要換新的零件。結果，接過單據一看，我的天，竟然要一千兩百五十塊錢！當然啦，我二話不說，就把信用卡遞了過去。這就叫英雄救美，哈哈！

黛安感激不盡，堅持要請我到她家喝咖啡，吃點心。我怎會拒絕？當然就去了。

哪裡料到，那午後的時光是怎麼過的？都要把我燒成灰燼吧？回到家，竟看到老妻還坐在客廳裡等著我回來吃晚飯！真是不可思議。為什麼她那麼死心眼，老把我盯得那麼緊，都不給我一點喘氣的機會？

我已精疲力盡，哪肯與她周旋？她問我，到底是怎麼一回事，怎麼整天都沒看到我的影子？打手機給我也沒人接。我騙她說，「今天早上我們坐了黛安的車子到伊麗莎白鎮出征，妳也知道那是多遠的路程，還好都沒事。沒想到比賽完了，在回家的路上，她的車子竟出了狀況，車身猛搖晃，我們都緊張的不得了，只好馬上開到修車間去了。我們在那裡等了一個下午，車子卻還沒修好。我們看時間太晚了，大家也餓了，所以乾脆就跑到附近的一家披薩店吃了晚餐，這麼拖來拖去，直搞到現在才回來。」

「咦，你們通常不都是坐小巴士出征的嗎？怎麼今天要自己開車？」

「今早那個司機翹班，也不曉得是生病了還是懶得跑那一趟路，反正他不來，我們只好carpool了。」

「你說carpool，所以你坐了黛安的車？」

「是呀，我跟小林兩個。」

我知道自己撒的謊有點離譜，不過老妻那人很老實，頭腦不會轉彎，她一直都相信我的話。她聽了我的解釋，並沒再說什麼，就催我去洗澡。我帶著感激的心，照她的話去做了；一夜無事。

不過，從今以後我不能再把這本日記隨便丟在書桌上了；萬一老妻進來清掃房間，被她偷看了去，還得了嗎？一定會鬧得不可開交。

從今以後，我必須把日記藏起來，鎖在抽屜裡。

◎十月十五日

已步入秋天，從緬因州運過來的龍蝦真是又肥又甜，我請黛安去吃了一頓龍蝦大餐。從餐館出來，正好路過一家珠寶店，黛安好奇地停下來，欣賞著櫥窗裡陳列的珠寶，遲遲不肯移步。我問她，是不是看到了什麼中意的首飾？她指著一對白金鑲珍珠的耳墜子。我二話不說，就走進店裡把那對耳環買了下來。黛安當場就戴上了，那對耳墜子輕輕的在她雙頰晃動，讓人心搖神盪！

她在我耳際輕聲地說，「這是我們定情的信物。」

◎十一月二日

今晚跟幾個老朋友去打籃球，回到家已經精疲力盡，只想趕快洗個澡就去睡覺。怎知走出浴室，卻看到老妻就站在門外。

她說，「我今天收到了十月份的信用卡帳單，有兩條帳我搞不清，所以只好請你幫忙了。」她說得平心靜氣，一點都沒有生氣的口吻。這些天來，我為了上個月那兩筆帳真有點心驚膽跳，只怕被老妻抓到。可是又心存僥倖，希望她沒有仔細查清信用卡上的每一筆帳。畢竟，她一向糊塗，對金錢看得很淡。她一向的看法是，錢多錢少一點都不重要，夠用就好。

我在她的對面坐下來，一邊伸出手，準備接過帳單來看。老妻卻抓著那張紙不放，只擡頭看我，「這裡有一條帳目，是修理車子的費用。另外一筆是珠寶店的開銷。你認為怎麼樣，是不是有人盜用了我們的信用卡？」

「讓我看看。」其實我腦子裡一片混亂，完全想不出話來搪塞。

老妻卻說，「如果你也想不起來，那麼我就打個電話到那家汽車維修店去問問看。他們一定有記錄，知道那部車子是誰的，這麼追蹤下去，不怕查不出底細。」

我只好說了，那天黛安的雪佛萊拖去修理，是我先墊的，不過她遲早會還那筆錢的。

「她什麼時候還了，你就把她的支票給我，我才能銷帳。」

老妻又指著帳單說，「這裡又有一筆開銷，是在大街上那家珠寶店買的首飾，一千五百塊錢。」

我厚著臉皮說，「聖誕節不是快到了嗎？我買了一串珍珠項鏈要送給妳。妳還記得嗎，我們剛結婚的時候，我買了一串珍珠項鏈送妳，妳不要，因為是假貨；現在我買真的，算是補過。」

她打量了我一下，就淡淡地說，「你說謊都不先打草稿，等聖誕節到了，怎麼圓謊呀？」

「豈有此理！妳怎麼可以誣賴人？我什麼時候對妳說謊過？」

「不管怎樣，你還是把那項鏈退還了吧？反正我不戴。」

我的天呀，終於有一筆帳可以混過去了，可是修車的錢該怎麼處理？

◎十一月五日

我終於想出一個辦法，可以解決我的頭痛了。畢竟我老謀深算，早在退休前就把公司送給我的股份都存在股票行的一個祕密帳戶裡面，老妻根本不知道有這一大筆錢的存在。如今這筆錢正好可以派上用場，一切都不會有問題了！

◎十一月十日

今天跟黛安去吃義大利料理，又到珠寶店買了一個紅寶石的戒指送她。那寶石在陽光下閃著紅色的光芒，非常耀眼。黛安一路上屢屢伸出手來欣賞著，樂得合不攏嘴來。我忍不住對她說，「妳那麼漂亮，叫我怎能不為妳著迷？」

她聽了，嗤嗤地笑了。「我的一些女朋友也都說，我近來容光煥發，像一個才三十出頭的年輕人！這都是拜你所賜呀！」

我聽了，心裡輕飄飄的。老實說，是她，讓我得以重拾青春的活力。我想起了美國前總統川普，他不是六十歲才娶了他的第三任妻子嗎？而且還是個很騷的模特兒，還讓她懷了孕，替他生了一個兒子！所以說呀，有些人六十歲才開始第二度的青春！

◎十二月二十日

眼看著聖誕節就在眼前，兒子和女兒都要回來，我一面很興奮，一面卻很擔心，夜晚都睡不著覺。黛安說，她要和我一起過聖誕！她要去夏威夷！我說，夏威夷？那也是過聖誕節的地方嗎？那裡沒有冬天，也沒有雪，更沒有親人！

黛安說，「今年冬天實在太冷了，每天待在家像囚犯，我都快瘋了。我們去夏威夷度假吧？聽說那裡是人間天堂。我們可以在綠色的太平洋裡游泳，可以去浮潛，可以到果園摘鳳梨，去看火山，去吃土著的烤豬野餐，看他們跳草裙舞，有趣的活動多著呢。」

「可是妳得為我著想呀，我怎麼跟我老婆交代？每年聖誕節我的一對兒女都會回來，我怎麼可能開溜，跟妳到夏威夷去曬太陽？」

她一邊膩在我身上，揉搓得我全身發熱，一邊卻毫不妥協地提醒我，「我們每次在一起，你要我做什麼我都是有求必應，對吧？我從來不曾說個『不』字。」

我想反抗，可是有麼用？黛安說，如果我不帶她去夏威夷，就別想到她家去，別想跟她睡一張床。我還能怎麼辦？她是我的鴉片，我已經上了癮，怎麼戒掉？

我不曉得怎麼開脫，只好跟她討價還價了。「這樣好了，我們元旦去，這樣總可以吧？」

她狠狠地捶著我的胸膛，「我只是要你陪我過一個聖誕節，你就有那麼多的藉口想推拖！你總說你的老妻像雙舊拖鞋，一直想丟掉，其實都是騙我的鬼話！你根本離不開她！你是個騙子！」

黛安哭了好久，哭得好悲慘，哭得我心疼。我一再地自問，我真的是個騙子嗎？到底我騙的是誰？

◎一月五日

告別了夏威夷，離開了那綠色的海洋，那和暖的風，那白色的沙灘，那藍色的天空，那豪華舒適的床。回到家，是冷冷的冬雨迎面掃來，滿心的灰暗，一身的疲累。

計程車先送黛安回去，然後調轉頭開到我家。我想自己開門進去，可是找了半天，竟找不到鑰匙。難道我忘了把它帶在身上？

不得已，只好按門鈴了。按了半天，卻沒人來開門，到底是怎麼一回事？難道老妻不在家？怎麼可能？都這麼晚了，她還會到哪裡去？而且她的臥房還透著燈光。

我又猛按著門鈴，那響亮急促的鈴聲，我在門外都可以清楚的聽到！可是她卻不肯來開門！我真的生氣了，本來還有點心虛的，可是她越固執，我就越是滿心的憤怒。我開始用拳頭不停的打，用腳不停的踢，那砰砰的聲響敲破了夜裡的寂靜！

她終於下樓來，將門打開了。我大步的跨進去，站在她面前，一巴掌就要掃過去！可是，眼裡看到的，是她畏縮的神情，她的臉色，就像秋風裡的一片枯葉。我一驚，忙把手縮了回來。老妻默默地望著我，一句話也不說。

「我敲了半天的門，妳怎麼不開？」

她不作聲就轉身走了，回到她臥房，鎖上了門。

不管她了。先去洗個澡吧？長途的旅程，一身的怪味道。

等我從浴室出來時，卻看到妻就站在門外。

「你那一身污穢的衣服都不要丟到洗衣籃裡，我不會幫你洗的，你自己處理吧。」

「妳要我怎麼辦？」

「你帶走吧，」她說，「反正你明天就要搬出去了。」

我無法相信，老妻竟要趕我出門！

我擡起頭，狠狠地瞪著她，「妳說什麼鬼話！這是我的家！難道我幾天沒回來，妳就要把我趕出門？」

「你自己不想想到底做了什麼事，竟然還有臉回來叩門？」

「妳這女人真夠狠，沒有一點情義。」

「你還談什麼情義？我都為你臉紅。」

「妳也不問問孩子嗎？他們不會讓妳拆散這個家的。」

「不要把孩子扯進來，你早忘了他們，他們也放棄你了。」

「我跟妳說清楚了，我絕不會讓妳胡鬧，絕對不會搬出去，也絕對不會答應離婚！」

「離婚的事不是你能做主的，你的情婦早把你纏繞在她的小指頭上，你只好任由她擺佈了。」

我想反駁，想為自己辯解，可是頭昏腦漲，不想再多說，就匆匆的丟下她，躲回自己的房間去了。

本以為頭一碰到枕頭就會睡死了，怎知一直翻來覆去，就是睡不著。只好取出日記，把心裡的千頭萬緒整理一番，記了下來。

寫完了，也實在太累了。至於黛安的事怎麼收拾？還是先睡個覺吧，等明天再說。

【附錄】讀夏眉〈古祠高樹〉

林文政（美國洛杉磯太平洋時報社長）

要把台灣南部一個小村莊將近百年的風華用二萬字的中篇小說描繪出來，並不是一件很容易的事。夏眉的〈古祠高樹〉巧妙的用一位儒醫王秀才（王適鈞）的一生，和他身邊的各式各樣人物，描繪出在那七十多年鄉民的悲歡歲月及改朝換代大環境的巨變，台灣在日治時代的現代化下，巧妙地把台灣雲林斗南附近小村莊的歷史風貌保存了下來。

全文以對秀水村近乎「舍南舍北皆春水，但見群鷗日日來」的世外桃源的描寫開始，到最後王秀才的女兒秀水帶他的二個孫女「跨過那條水溪，溪水的竹筏仍舊在水中搖盪……一如往昔」，在古祠高樹，參拜她被供奉神明阿伯「王秀才」結束。

故事由滿清一八九五年割讓台灣給日本帝國的前後開始，到日本二次戰敗為止。地點在主人翁王秀才（王適鈞）出生的秀水村，和靠一條灰土路連接的雲林斗南。

王秀才如果生在中國大陸，以他的聰明好學，可能會在科舉考場連中三元，得意於仕官之途，無奈他生在大清帝國認為「花不香，男無義，女無情」的台灣，後來滿清在臺灣連舉人的考場都不設了。王秀才在鄉試之後，無法去福建考舉人，終生在秀水村和斗南教私塾行中醫。

故事有兩個轉折，首先，王秀才在秀水村教私塾，有人眼疾，懇求他醫治，他靠母親給他家傳的治眼疾藥水治好那位病人，讓他在無法逃脫命運的安排，改行中醫。他仁心為懷，視病如親，惠澤普及秀水、斗南。王秀才立德惠及鄉民，永遠被人懷念，但是今天當人們拿香、奉茶，敬拜，故事不傳或傳不完全，王秀才就和台灣許多百姓公、土地公群立田野。我想這是夏眉文章「古祠」的重點之一

故事的第二個轉折是，日本從清國接收台灣後，台灣人民一方面體驗征服者殘暴（鄉民被日警毆打），但也受惠於日本決心將台灣現代化，建設成為一個建立大東亞共榮圈的南進基地。王適鈞和日本官員夏川又友又敵的矛盾關係，是台灣人和日本到今天還是可以感受出來。但是，夏川欣賞王秀才的才華及心地善良，他也需要這樣在地方受敬重的人來為大日本作建設台灣的二個基礎工作：教育和醫療。在夏川的協助下，他由秀水村遷到斗南，醫院越開規模越

大，如果不是日本官員夏川的幫助，王秀才可能只在秀水村終老一生，但是因為夏川，他不但到斗南發展，更曾遠去日本學醫兩年。

在王秀才身邊的一生有幾位女人，她和她們之間的互動，是整個故事的核心。不過，最令人印象深刻的是王適鈞的kindred hearts他完全不像那個時代一般的男人，尤其是有錢的地主，享受男人沙文主義的權力，欺壓婦女。他的元配美鳳「不識字，長得不高不矮，不醜，很少開口，也沒有笑臉」，沒有生育，母親要他招外室傳宗，王秀才說不急，過幾年再說，美鳳當然感激不盡。這和當時有錢地主三妻六妾很不一樣。不過，後來美鳳因為王秀才和去斗南幫他忙的佣人月桂日久生情，甚至生女，她的凶暴及撒野造成王秀才心身受傷。這是全文中，唯一負面的場景。但是也難怪美鳳，當失去丈夫的威脅成真，本能上應該不惜一切，焦土戰到底。夏眉對美鳳虐待月桂的描寫十分逼真，「……美鳳走過去，扭著月桂的耳朵，又狠狠地打了她一個耳光，『妳還敢強辯？』」

王秀才懦弱到無法挺護自己所愛的月桂，這也不合情理。不過，他的仁心在他剛開始對月桂有意，也顯現出來。他是主人，年輕、聰明、伶俐的月桂是僕，但他從來沒有有暴力逞慾，反而是月桂在他病中，自動以身上床為他取暖，這就印證羅曼羅蘭透過貝多芬所講的一句話

「英雄不是沒有卑劣的情操，只是克制自己不讓它得逞」。就像#Me Too運動所揭發，當今職場有多少高高在上的男主管大權在握，任意欺負女性屬下，真是不可同日而語。

夏眉用三分之一的篇幅寫月桂生女，王秀才無法負起責任，幸虧他的助理峻峰出面娶她，並遷到西螺，生女，取名秀水。秀水到六、七歲被帶回去給王秀才和美鳳養育。接下來的故事是秀水在美鳳的虐待下辛苦成長，但她克服萬難，力爭上游，居然成為秀水村第一位考入當年南台灣女子最高學府：台南二高女，展開自己似錦年華，當小學老師下嫁醫生，生了一男一女。後來所愛丈夫在三十多歲因病去世，人生無常至此，令人掩卷嘆息。

故事尾聲是日本在二次大戰末期節節敗退，王秀才的規模不少的醫院、醫藥廠、居所，在美軍轟炸雲嘉時，毀於一夕，化為灰燼。

王秀才失去了女婿，失去了財產，失去了醫生館，已經身心交瘁，只好搬回秀水庄，在他故鄉只拖延了一個月，就離開這個世間，去世時，他七十三歲。

我在雲嘉渡過青春少年年華，在唸嘉義中學時，有不少同學是由斗南來的，也有從民雄來，常常騎腳踏車，坐火車到他們家吃拜拜，或是去幫他們收割稻子，讀到夏眉這篇文章的第一段描寫的秀水村，和我永遠的記憶裡雲嘉沿著八掌溪流的小村庄是那麼相符，真是「回首故鄉月明中」，而故事也是熟悉的，時代背景也是熟悉。雖然平鋪直敘，沒有激情煽動，但是很有kick（後座力），就像王建民投出的棒球，在進入捕手手套之前，會有股很強勁的後座力（late life），令人心頭震憾，久久無法平復。

（原刊於美國洛杉磯太平洋時報）

釀文學249　PG2553

古祠高樹
──夏眉小說集

作　　者　夏　眉
責任編輯　林世玲
圖文排版　黃莉珊
封面設計　蔡瑋筠

出版策劃　釀出版
製作發行　秀威資訊科技股份有限公司
114 台北市內湖區瑞光路76巷65號1樓
電話：+886-2-2796-3638　傳真：+886-2-2796-1377
服務信箱：service@showwe.com.tw
http://www.showwe.com.tw
郵政劃撥　19563868　戶名：秀威資訊科技股份有限公司
展售門市　國家書店【松江門市】
104 台北市中山區松江路209號1樓
電話：+886-2-2518-0207　傳真：+886-2-2518-0778
網路訂購　秀威網路書店：https://store.showwe.tw
國家網路書店：https://www.govbooks.com.tw
法律顧問　毛國樑　律師
總 經 銷　聯合發行股份有限公司
231新北市新店區寶橋路235巷6弄6號4F
電話：+886-2-2917-8022　傳真：+886-2-2915-6275

出版日期　2021年5月　BOD一版
定　　價　250元

Printed in Taiwan

國家圖書館出版品預行編目

古祠高樹：夏眉小說集/夏眉著. -- 一版. --臺
北市：釀出版, 2021.05
面；　公分. --(釀文學；249)
BOD版
ISBN 978-986-445-462-4(平裝)

863.57　　　　110004934

讀者回函卡

感謝您購買本書，為提升服務品質，請填妥以下資料，將讀者回函卡直接寄回或傳真本公司，收到您的寶貴意見後，我們會收藏記錄及檢討，謝謝！
如您需要了解本公司最新出版書目、購書優惠或企劃活動，歡迎您上網查詢或下載相關資料：http:// www.showwe.com.tw

您購買的書名：________________________________

出生日期：________年________月________日

學歷：□高中（含）以下　□大專　□研究所（含）以上

職業：□製造業　□金融業　□資訊業　□軍警　□傳播業　□自由業
　　　□服務業　□公務員　□教職　□學生　□家管　□其它_____

購書地點：□網路書店　□實體書店　□書展　□郵購　□贈閱　□其他

您從何得知本書的消息？

□網路書店　□實體書店　□網路搜尋　□電子報　□書訊　□雜誌
□傳播媒體　□親友推薦　□網站推薦　□部落格　□其他__________

您對本書的評價：（請填代號　1.非常滿意　2.滿意　3.尚可　4.再改進）

封面設計____　版面編排____　內容____　文／譯筆____　價格____

讀完書後您覺得：

□很有收穫　□有收穫　□收穫不多　□沒收穫

對我們的建議：________________________________

____

____

____

請貼
郵票

11466
台北市內湖區瑞光路 76 巷 65 號 1 樓
秀威資訊科技股份有限公司 收
BOD 數位出版事業部

（請沿線對折寄回，謝謝！）

姓　　名：＿＿＿＿＿＿＿＿　年齡：＿＿＿＿　性別：□女　□男

郵遞區號：□□□□□

地　　址：＿＿＿＿＿＿＿＿＿＿＿＿＿＿＿＿

聯絡電話：（日）＿＿＿＿＿＿＿＿（夜）＿＿＿＿＿＿＿＿

E-mail：＿＿＿＿＿＿＿＿＿＿＿＿＿＿＿＿